华文微经典

中国微型小说学会
世界华文微型小说研究会
主持

林 子

微

澜

四川出版集团 四川文艺出版社

图书在版编目（ＣＩＰ）数据

微澜 ／（新加坡）林子著 . —— 成都：四川文艺出版
社，2012.12
（华文微经典）
ISBN 978-7-5411-3643-6

Ⅰ．①微… Ⅱ．①林… Ⅲ．①小小说-小说集-新加
坡-现代 Ⅳ．① I339.45

中国版本图书馆 CIP 数据核字（2013）第 002039 号

华文微经典
HUAWEN WEI JINGDIAN
[世界华文微型小说经典]

微　澜
WEI LAN

[新加坡] 林子　著

选题策划	时上悦读
责任编辑	贾　波
封面设计	所以设计馆

出版发行	四川出版集团　四川文艺出版社
社　　址	四川省成都市槐树街2号
网　　址	www.scwys.com
电　　话	028-86259285（发行部）　028-86259303（编辑部）
传　　真	028-86259306
读者服务	028-86259293

印　　刷	北京山华苑印刷有限责任公司
开　　本	650mm×920mm　1/16
印　　张	13
字　　数	120 千
版　　次	2013 年 4 月第一版
印　　次	2014 年 1 月第二次印刷
书　　号	ISBN 978-7-5411-3643-6
定　　价	35.00 元

Chinese language Keep classical

华文微经典

作者简介

　　林子，原名林君丽，女。新加坡公民，出生于马来西亚柔佛州笨珍，祖籍中国福建省永春县。中学就读于英校，毕业于新加坡义安理工学院商学系、获中英翻译专业文凭、北京师范大学汉语言文学士。中学时代开始写作，作品包括小说、散文、诗歌、评论。出版合集《双子话人间》、微型小说集《林子微型小说》、散文集《林中自悠然》。设有网上博客"林子空间"。任新加坡文艺协会、热带文学艺术俱乐部、新声诗社理事；世界华文微型小说研究会永久会员；新加坡福建会馆"新蕾奖"评审。曾出席"世界华文微型小说研讨会"、"亚细安华文文艺营"、"东南亚华文文学研讨会"。

前言

　　有人曾说，地不分东西南北，凡有人类生活的地方，就有华人的身影。话虽有玩笑的成分，但当前华人遍布世界各地，却也是不争的事实。扎根世界各地的炎黄子孙，他们的生活状况如何？他们的情感世界怎样？他们的所思所想何在？……要找到这些答案，阅读他们以母语写下的文字无疑是最好的方法之一。诚然，并不是有华人的地方就有华文创作，但在一些主要的国家和地区，华文创作几十上百年来一直薪火相传所结出的果实，显然也是令人瞩目的。遗憾的是，因为多种原因，国内的读者多年来对海外的华文创作了解甚少。尤其对广布世界各地的华文微型小说这一重要且具代表性的文体，更只是偶窥一斑而不见全貌。"华文微经典"丛书的出版，可谓弥补了这一缺憾。

　　海外的华文微型小说创作，主要分为东南亚和美澳日欧两大板块。两大板块中，又以东南亚的创作最为积极活跃，成果也更为突出。东南亚华文微型小说创作兴起于二十世纪八十年代初，各国在时间上又略有先后。最早开始有意识地从事微型小说的创作，并且有意识地对这一新文体进行探索、总结和研究，而且创作数量喜人、作品质量达到了一定艺术高度的，是新加坡和马来西亚；稍后于新加坡和马来西亚的是泰国，再后是菲律宾和文莱，再后是印度尼西亚。在发展过程中，各国的创作曾一度因具体的历史原因而存在较大的差距，但这一状况在近十年来正日益得到改善。

美澳日欧板块则因创作者相对分散，在力量的聚集上略逊于东南亚板块。不过网络的发展正在弥补这一缺憾，例如新移民作家利用网络平台对散居各地的创作进行整合，就已显现出聚合的成效。

新移民的创作是海外华文微型小说创作中近十多年来涌现出的一股新力量。尤其是近年来随着作家对当地文化和生活的日渐融入，其创作已日渐呈现出新视野，题材表现也开始渐渐与大陆生活经验拉开了距离，具有了海外写作的特质。

以上是对海外华文微型小说发展的一个简单梳理，而"华文微经典"丛书的出版，正是对这一梳理的具体呈现（为避免有遗珠之憾，丛书也将有别于中国内地写作的港澳地区的华文微型小说写作归入其中）。通过系统、全面、集中的出版，读者不仅可以得见世界范围内华文微型小说创作风姿多样的全貌，更可从中了解世界各地华人的文化与生活状况，感受他们浓郁的文化乡愁，体察他们坚实的社会良知，深入他们博大的人文关怀，触摸他们孜孜不懈的艺术追求。书籍的出版是为了文化和文明的传播与传承，我们希望这一套丛书能实现一些文化担当。我们有太长的时间忽略了对他们的关注，现在是校正这种偏差的时候了。这也正是丛书出版的意义和价值之所在吧。

目录

蓝色玫瑰

一

情人节之夜。

欧式餐厅内灯光柔和，悠扬悦耳的轻音乐，交织着烤肉和美酒的香味，荡漾在20℃的空调中。情侣成双成对两人一座，卿卿我我，陶醉在甜蜜的二人世界，无暇去顾及周边多余的人与事……

餐座上的晓玫却格外清醒，四十开外的中年妇，风韵犹存，瓜子脸蛋依然俏丽如昔，笃定的眼神显露了一分饱经风霜的坚韧，犹如一朵风雨后仍完好无损的玫瑰。此刻，玫瑰正洒下饱含于花瓣间的过多水分，她流泪了！苍白的粉脸上有几道模糊的泪痕。烛光昏暗，与她面对面的永奇正襟危坐，丝毫没有觉察出来。她连忙掏出粉拍，借故补了妆，环顾四周，暗自庆幸：众人皆醉我独醒！不觉莞尔，心情也泰然起来……

　　沉默是无济于事的，可是又唯恐打破沉默，感情一旦决了堤，僵冷的言语一不小心脱口而出，若将努力酝酿得十分和谐温馨的气氛破坏殆尽，那才是罪过！好歹应该珍惜啊！她想。百年修得同船渡，千年修得共枕眠，可不是吗？婚后因工作需要，夫妻俩长期分隔两地，一块儿度过情人节的美好回忆，在七年的婚姻里，有如凤毛麟角，少之又少！今夜，就把这难得的机遇当作是对以往的补偿吧，以后恐怕再没这机会！

　　"玫，你怎么来的……"傍晚六时敲开永奇寓所的大门，迎接她的是一张错愕的脸，取代了久别重逢的热情拥抱。

　　"两万三千四百里路，我飞越了半个地球，特地赶来会你……"晓玫的语气有些激动，却难掩心底的失望！千里迢迢飞来约会良人，恰恰只探测出两人渐行渐远的爱情？

　　寓所不大，是大专院校特地为高级教职员提供的一般规格。客厅、厨房收拾得有条不紊，餐桌铺上了亮丽的桌布；地上没有臭袜子，洗好的衣物晾在阳台上……走进卧室，宽大睡床边的茶几上，摆放了一个精致的小花瓶，里面已插上一小朵鲜红的玫瑰。

　　"玫，你喜欢的蓝玫瑰，我已特地托人送去……网上订的……"

　　没有太大的惊喜。没错，玫瑰年年有，总是准时在情人节当天送到，蓝色的十二朵，不多也不少。附上的小卡片永远写着："亲爱的玫，情人节快乐！思念你的小奇，自美国加州。"

"没关系，小奇，今年咱们过个不一样的情人节！去烛光晚餐……"

二

英格兰大学校园内，学生会将第一餐厅布置得美轮美奂。入晚，暗淡的灯光下，气氛很浪漫，一对对学生情侣在餐厅内享用价廉物美的情人餐……

一早，晓玫一如既往躲进冷清的图书馆。同学大多约会去了，这浪漫的节日，与她无关。

"Miss，Happy Valentine！"一位腼腆的大男孩，不知何时来到她的身边，递过来一枝蓝玫瑰。

晓玫后来才晓得蓝色玫瑰是从校园合作社买来的，钱不够，故仅买一枝，却说代表了诚心和专一。大男孩深情款款地送至她跟前……晓玫自此爱上了蓝玫瑰。

他年仅二十三，浓眉大眼，来自M国的一年级新生，土木工程系；她已年逾三十，正领取经费在文学院研究历史。真不可思议！姐弟恋自一顿烛光晚餐开始，像野火般迅速燃烧蔓延开去。是为了排解异乡的孤单寂寞？抑或是只为填补迟暮心田的一处空白？她已无暇去仔细分析。突如其来的爱情，美得慑人心弦，她简直无法抗拒！

资助他完成博士学位，她足足辛苦了十年，用的是她在国内教书的钱。十年的爱情长跑，离多聚少，却也成功地跑进了婚姻的殿堂。彼此都默默恪守诺言，金钱上的、感情上的、道义上的……虽说"两情若是久长时，又岂在朝朝暮暮"，然而婚后两地来回奔波，爱情明显地开始转淡，像一壶煮沸了的水，骤然断了电，无可奈何地逐渐冷却、冷却下去……

三

"玫姐，真对不起，今年春节正逢大学考试，没法回去与你团聚……"永奇眼里满是歉意，边说边将一小块切好的牛排放进她的碟子里。

唉！小奇这老毛病至今未改，"玫姐"是他感到愧疚时讨好她的亲昵称谓。年纪越大越是显现出彼此间的差距，是代沟吗？当"姐弟恋"减去了爱恋，仅有"姐弟情"了！

"唔，所以春节一过我即刻飞来看你，给你一个意外的惊喜！"晓玫借故强调"惊喜"的神情，笑得很诡异。

"的确……怎不预先通知我呢？让我去接机……"

晓玫是连夜走的，不告而别，没让永奇送飞机。床头花瓶底下搁着一截小纸条，上面写着："……或许我不该来，是幸运抑或是不幸？在你衣橱里发现一件红色胸罩……"

四

　　接机闸门处，一位中年男士已等候多时。晓玫趋向前去，从他手中接过一份迟到的礼物，哟！是蓝色玫瑰！多年来第一次发觉对自己死心塌地的木讷男子，竟然也有几分可爱！

自行车

　　"更换前后两个轮胎，一个坐垫、三条钢架……加上油漆，总共二百元！"车行老板口中念念有词，一边将修饰得焕然一新的自行车推到我跟前。

　　"不错吧！这自行车简直像新的一样！"老板颇感自豪。

　　"哇！的确像……当初的……"我不禁暗暗惊叹，一辆破旧不堪的自行车，经过师傅巧手的一番整修，居然恢复了以往的风采！

　　朝往目的地的路上，天色昏暗。

　　主意已定，思绪却随着轮子在脑海中辗转，一轮、又一轮，缓慢、沉重。忘了已有多久没骑它了，也许是上了高中，那年我突然开始转性；还是结婚、生子、当上了工程师、买了轿车之后？……岁月的齿轮，已将一个懵懂放任的少年，磨砺成一个正正当当、脚踏实地的成年人。

　　然而，始终忘不了第一次拥有它、骑着它飞驰的感觉……

自行车飞快地向前冲去……我拼命地踩踏、踩踏，仿佛背后有人追赶了上来，我心跳加速……集中全力，越踩越快……最后人和车拐进一条偏僻的小巷才停了下来，我已大汗涔涔，气喘如牛！

死党阿成、阿标羡慕死了！管它叫"小红马"，放学后总是争着骑它，到处去游逛，直到夕阳西下，才蹑手蹑脚地将它藏在屋后的一片草丛里。有一次被老爸发现了，他像在菜园里发现了"四脚蛇"般的以福建话大声嚷嚷："夭寿仔！从哪弄来的？"

爸爸也有一辆自行车，那是一辆名副其实的"老铁马"，年龄可能比我还大些，全身的骨架早已生锈，行驶起来发出"咔咔咔"的摩擦声。每天清晨，天色刚蒙蒙亮，老爸就骑着他的"老破卡"，将园子里收割的青菜、瓜果载往十英里外的菜市场，赚取一天的生计。爸爸干瘪的身躯，也犹如"老铁马"一般的坚韧。

两角的零用钱是付不起车资的，来回镇上的中学，每趟都得走半个多钟头的路。自从有了梦寐以求的自行车，大清早凉风扑面，放学后的艳阳高照，沿着乡间小路，骑着它往返学校，既轻快又便利！这家伙似乎有很多很酷的名字：铁骑、铁马、脚车、脚踏车、自行车……我才懒得理会呢！脚踏车也好，自行车也罢，最开心的是能够骑着它与死党在逃课的下午，偷偷地溜到坡底去游荡，看街道上形形色色的车辆和行人，偶尔也学人买汽水、冰激凌……

嗯，没记错，就是在这座三房式组屋的十楼，靠近电梯口的那个单位，从楼下望上去，陈旧的窗口和大门紧闭着，走廊里亮着微弱的灯光。虽然已经有十多年没上这儿来了！当年的情景还历历在目！可这组屋亦已变得古老、龌龊，像个饱经沧桑的老人；楼梯旁堆积着破损的杂物，垃圾随处可见，矮墙上晾着不少衣物、毛巾……

阿珍！想起了住在隔壁单位的好友阿珍！清秀的瓜子脸、瘦削的身段，十几年没见，阿珍还好吗？那次要不是来探访随父母从村子里搬迁过来的阿珍……要不是周遭显得格外昏暗……从阿珍家里出来，在靠近电梯的走廊上无意间瞥见了它……我也不至于将它顺手牵走！

我承认那是我的错，然而怎能全怪我呢？夜幕低垂，那辆自行车在微弱的灯光下泛着红光、闪闪发亮，诱惑力实在太大了！以致这些年来，每当被心底深处的悔过煎熬得难受时，常借此自圆其说，以舒解内心的一分愧疚感。

这不速之客从此闯进了我的生活，陪伴我度过充满新奇刺激的少年时光！可惜，我也因此失去了阿珍这么一位真挚的异性友伴，从此再也没有勇气上门来找她。

电梯缓缓而上，门开了，我小心翼翼地将自行车推了出来，把预备好的信封用橡皮圈系在把手上，最后一次触摸它的钢架和坐骑，上上下下仔仔细细地把它端详一番，像释放一只被自己禁锢许久的小鸟。一种莫名的激动涌上心头，掺杂着不舍、愧疚、宽慰和解脱……

小小信笺上记录了我长久累积在心底的疙瘩，字条上有我消耗了不知多少个不眠之夜才完成的一行小字："对不起，这自行车我擅自占有了十多年，如今物归原主，恳求您的原谅……"

如释重负，心情格外轻松，日子也仿佛飞跃得特别快！

这天，带妻儿逛"大世界广场"时，迎面走来一位有点面善的中年妇人，身材微胖，头发有些灰白，走近一看，原来是当年的阿珍！

"阿珍！是你……十几年没见，你……好吗……"我惊讶得说不出话来。

"祥仔，是你！那年我回去村子找你，你已搬迁……"

"你……没嫁人……还住在那座组屋……十楼……"我紧张地问。

"我和老母同住，她很孤独，唉！隔壁的陈叔陈婶也过世了，没人讲话……"阿珍显得很无奈。

"啊……是靠近电梯的那家吗……"我尽量压抑心底的震惊。

"不错，隔壁单位空置着没人住，真奇怪，最近不知何故门口停放了一辆新的自行车……"

小鲁鲁的冤屈

半梦半醒之间，小鲁鲁着实感觉到臀部被长针扎了一下，哎哟！妈呀，好痛！

睁眼一看，几名戴着口罩、"全副武装"的人员已闯了进来，个个手里握着手枪一般的仪器，正七手八脚地往其余亲属的身上扎针。

"……喂！喂！明仔，动作快点，别在这里待太久！"像长官的那位紧张地催促着。

"就好了！就好了！得足足抽取两百毫升的血液样本呢，哪有这么容易？"助手回答。

慌乱中，那个叫明仔的把针往老奶奶的背脊猛扎，然后用细管抽出血液，装进试管内，大伙儿完事后三步并作两步，好似避瘟神般的逃离了现场。

老奶奶预感到事态严重，强忍着脊椎的痛楚，将家族大小成员统统招集到一块儿来。

"你们可曾听说，人、鸡、猪三种流感病毒已经结合起来，向人类进攻……"老奶奶忧心忡忡地说。

"奶奶，那与扎针抽血有什么关系？"小鲁鲁一脸委屈，臀部的伤口还在淌血。

"你这小厮死到临头还赖床睡大觉，没听他们说病毒是从我们身上传开去的……"老奶奶愈发紧张起来。

"病毒？传染？我可没生病咧！"小鲁鲁更觉委屈了！

"而且他们把病毒叫作什么……什么……猪流感！"老奶奶摇头叹息道。

"噢，难怪要检验我们了……"大鲁鲁说。

"太冤枉了……"二鲁鲁随声附和。

"……"

大鲁、二鲁、三鲁、四鲁、五鲁等十几个兄弟姐妹都愤愤不平，抗议声浪响彻云霄，几乎要把整片屋顶都震塌下来！

"孩子们可要小心啊！注重身体，千万别伤风感冒……"老奶奶语重心长，对接下来未可知的灾难和命运不敢掉以轻心。

"你们知道吗……"

听！老奶奶又要细说往事了！这故事小鲁鲁不知听了多少遍了，以往觉得索然没趣，可今天听起来却感同身受……

"……那是老祖宗的年代，立百病毒在我们家族中肆虐，就在这个寮房里……一夜之间夺走了数十条性命，没病死的却遭受了更悲惨的命运……在那场大浩劫中，我族数百个成员无一幸免，整个家族几乎遭受了灭门之灾……全因立百病毒传染给了万物之灵的人类！过后有多少日子我族苟且偷安，被千夫所指，在市场上被唾弃、排挤；人人闻而色变……还被剥夺了出国的自由……以至于我们的身价一落千丈！"

这一次，我们又是罪魁祸首吗？小鲁鲁心有戚戚焉，始终不明白自己究竟犯了什么错。

数周过去了，一切相安无事。家族成员被明仔等抽血化验变成了例行的事，每周一次。小鲁鲁早已习惯了被长针扎一下的疼痛，吃饱了睡，睡醒了又吃，心宽体胖，无忧无虑地过日子。

直到有一天，小鲁鲁突然被一个全副武装的小子带进另一间小房子，与老奶奶和其他家族成员隔离开来。

"小心！它感染了猪流感病毒，农场里有一名工人，刚从疫区度假回来……把病毒传给了这里的小猪……"小鲁鲁无意间听到检疫人员在说话，当场吓呆了！

当铺

老琼本来是一名建筑散工，可惜五十岁过后就失业了！

当有限的积蓄用光之后，老琼基本上只能靠典当过日子。最先送入当铺的当然是贵重的金首饰：一条金链和几枚戒指，那是老妈临终前交给他的，要他好好保管，可是没法子，如今他只好交给当铺保管了！

金首饰来来回回典当了好几次，老琼亦感手头越来越紧，每次都要东挪西借才赎得回。最后一次，皆犹如"肉包子打狗"，有去无回了！

家里还有一幅古画，那是先父的珍藏，据说是已故大画家齐白石的名作，很值钱的。

当铺掌柜的用放大镜对着古画照了又照，赞许道："真迹！真迹！可得五千元！"

五千大元用完之后，古画赎不回，老琼真的是到了山穷水尽的地步了！家里只剩下一张陈旧的八仙桌。由于八仙桌不在典当物品的列表内，当铺拒收。老琼因而挨了半个多月饿，躺在家里奄奄一息。

某官员恰巧走访邻里，目睹老琼的窘境十分同情，回去即刻向上头献议修改条例："凡八仙桌，皆列入可典当物品名单；凡当铺，都必须接受八仙桌，协助贫老渡过难关！"

于是不久，老琼家的八仙桌就进了当铺，他又活回来了！

代价

地动山摇的那一刻，刘秦正在为当地一所小学校舍主持奠基开工仪式。地面摇晃得厉害，刘秦只觉一阵头晕目眩，根本无法站稳脚步，狠狠地向前摔了一跤……

"刘总，有地震呀！快逃……"接着，工地上一阵骚动，惊叫声四起，员工都慌张失措，惶恐万分！所幸这六层楼高的校舍楼宇还未正式施工，激烈的震动和叫喊过后，员工欣然发觉自己还活着。

怎么刹那间周遭景物都改变了模样？环顾四周，刘秦发觉远近楼宇全坍塌了，远处高山仿佛被平白截去了一半，大片泥沙正以惊人速度倾泻而下，把所有树木一并冲刷下来……

太可怕了！刘秦当了近二十年的土木工程师，筹建过多少大小楼房，工地意外和楼宇倒塌的事故已屡见不鲜，却还是平生第一次目睹如此恐怖的画面！猛想起妻子数天前已偕同单位同事到南部数省去旅游，不在家中。正感庆幸，忽然身旁传来歇斯底里的嘶叫声："快去！××中学倒塌了……"

随着人流拥到熟悉的校园，他赫然怔住了！那三栋由他亲手绘测、筹建的四层楼建筑物不见了影踪，映入眼帘的是一堆数丈高的废墟，粗糙的混凝土墙已碎成一片片，露出了一支支细小得不成比例的铁杆架。尘埃滚滚，废墟中还不时传来微弱的哀号声。

"小强……小强……"刘秦像许多在场的家长一般，凄厉地哭喊着自己孩子的名字。

他捡起一块破裂的砖块，双手颤抖着，口中喃喃自语："……阿真，原谅我……小强……原谅爸爸……"

小强是家中唯一的孩子，记得今年初上××中学的第一天，他对妈妈说："我以后要像爸爸那样，当一名工程师，建很多学校……"

小强人小志气大，多可爱的孩子啊……

如今，可爱的孩子被抬出了废墟，变成了一具冰冷的尸体……

当初小强考入××中学这所新落成的名校，阿真曾关切地问道："新校舍由你一手筹建，应该没问题吧？"

"你放心！这校舍牢固得很！"刘秦敷衍地说。

近年来市面上频频传来豆腐渣工程被揭发的事件，业主向有关当局和开发公司兴师问罪，还打起了官司。妻子阿真难免有些担心，孩子的安全第一呀！T镇可是处于地震带上。

恍恍惚惚回到自己的家，双层楼独立式豪华洋房居然屹立不倒，家中的古玩名画撒落一地，停在楼下车间的白色"奔驰"安然无恙。此刻，这些曾经是他梦寐以求、不择手段迅速换来的财富，再也不能带给他丝毫的满足与喜悦，他只感觉到前所未有的空洞……

"……我什么都不要，只要你……小强……"

老狐狸精

　　话说森林里有一只老狐狸，经过长期修炼，已经成精了。

　　老狐狸精在狐狸部族里德高望重，全因为它通晓天文地理，尤其是占卜。不知从哪年开始，部族的大小狐狸，每年春天都不约而同地前来向老狐狸精讨教，占卜流年风水运程，祈求指点迷津。渐渐地，老狐狸精成了风水与占卜界的权威。狐狸们占个卜看个相，少不了给个红包，讨个吉利，老狐狸精也就年年发笔小财，袋袋平安。

　　然而尽管言之凿凿，老狐狸精的卜也并非百分之百的灵验。

　　比如去年鼠年伊始，老狐狸精臆测山中鼠辈横行，狐狸辈大可轻易猎取食物，不愁饿肚子。然而结果呢？一年到头，山中死老鼠都不见一只，连其他小动物也不见踪影，害得狐狸只只忍饥挨饿，都瘦了一圈。

今年牛年，正逢流年不利，世道艰难。老狐狸精推出了"牛年吃牛肉"的妙论，可是部族已不为所动，门庭冷落狐狸稀，老狐狸精的收入也因此大大缩水了！

老狐狸精暗忖：看来非另谋出路不可……

不久，山狼部族来了一只似狼非狼的算命佬，自称五百年前与狼族是一家。算命佬到处敲锣打鼓，自吹自擂，他引经据典，占卜术很受大小山狼欢迎，不到一年，已被尊称为万事通的"狼精"了！

老狐狸精也好，狼精也罢，明年是虎年，算命佬另有打算，这次他盘算与"山大王"老虎攀上关系，到时狐假虎威，势力更是锐不可当！

救救孩子

　　震后二十四小时，王老师才带领救援人员来到自家住址。天正下着大雨，房屋已经坍塌。

　　大伙立即展开救援行动，王老师双手颤抖，伤痕累累，任由雨水和汗水在身上胶着。他使劲地挖掘眼前堆积如山的瓦砾。

　　从地震发生的那一刻开始，他就和死神展开了艰苦的拉锯战，体力早已消耗殆尽，一颗心因受了强烈震惊的刺激，似已麻木。此刻，废墟底下还掩埋着自己至亲至爱的妻子和宝贝女儿啊！他却仿佛感觉不到更大的悲哀！

　　"阿梅，小宝……我来了……你们一定要挺住……"王老师的声声呼唤，扣人心弦。

　　妻子终于被抬出了废墟，双眼红肿，双腿已经折断。怀里六个月大的女儿睡得多安详啊！那曾经红扑扑的小脸蛋，沾满了泥垢，已呈现灰白……

"阿达，你来迟了……小宝她刚断了气……"妻子神志还算清醒，不停地哭泣。

"对不起……梅……我……"王达欲哭无泪，欲语还休，有太多的话语、太多的歉意要向妻子表白，一时竟不知从何说起。

是的，他很想从地震发生的那一刻说起……

××小学的操场上，他正给6A班四十名学生上体育课，做健身操。一阵强烈的震荡把同学们都震得东歪西倒，回头一望，惊见不远处的两排五层楼校舍如骨牌般节节溃败下来，周遭传来隆隆巨响，瞬间，学校即变成了残垣断瓦，大地已面目全非了！

"孩子们，快出来……"他朝着校舍的方向狂奔、呐喊，只听到孩子们的叫声和啼哭声交织成一片。可是无论他如何竭力地嘶喊，跑到楼下草场来的人却寥寥无几，几位人高马大的老师冲在最前面。一片喧嚣过后，周遭又恢复了沉寂——那可怕的静默，竖耳聆听，瓦砾底下还不断传来呼救声，声音却越来越弱……

自救！惊魂甫定，他正想招集一批脱险的人，一起抢救被压在废墟下的学生，却颓然发觉操场上只剩下一群慌张失措的孩童，大人们都已逃逸无踪……

或徒手、或利用现场可得的简单工具，他只好单独在废墟中拼命挖掘、寻找、挖掘……

一个孩子被拖出来了，头部受伤，鲜血淋淋，已陷入昏迷……

另一个，失去了一只胳膊，还活着……

又一个，已经没有了气息……

他一面挖掘废墟，一面设法让人将伤者运往数里外的临时救济站。不知挖了多久，救出了多少人，只觉得天色渐渐地暗去，后来天又亮了，有不少人加入了援救队伍，现场也越来越热闹，大人、小孩的哭喊声不停地在耳边盘旋。每抬出一个伤者、一具尸体，若非引发一阵狂喜，必定是一阵撕心裂肺的哀号……

此刻他的一颗心恰似震后废墟，碎成片片。抱起女儿微温的身躯，他才切切实实地感觉到丧女之痛！教学楼坍塌后的惨烈场景、家长的痛不欲生的哀恸、同学们的痛苦呻吟，历历在目，声声在耳……

"王老师，你的家坍塌了！嫂子和宝宝还在里头……"忙碌中不知过了多少个时辰，邻居陈伯气急败坏地跑过来对他说。

"啊呀！我得赶回去，但有谁来救救这里的孩子……"他很痛苦、很犹豫。

啊！如果，如果在那个紧要关头，他火速赶回来，或许还来得及……或许不至于失去自己唯一的骨肉……然而，当时陈伯过来催促了好几次，为什么他还坚持留守岗位，迟迟不肯离去？

　　"王老师，感谢您，亲手救出我的孩子……"

　　"王老师，您真伟大，从废墟中拖出了三十多个孩子……"

　　"王老师，我们给您敬礼……"

　　数十位家长蜂拥而至，激动地给他热情的拥抱。

　　"别客气，应该的，都是我们的孩子……"王老师轻声回答，掉过头去，流下了眼泪。

作家

他在电脑面前沉思冥想了一个下午，才勉强完成一篇游记散文《北海道踏雪去》。正想继续写第二篇，倏地，脑子犹如眼前的电脑屏幕一般，呈现一片空白。怎么啦？职业作家怎么这副德行？一篇简短的游记散文，折腾了半天才完稿，文思已枯竭，无法再继续下去。唉！近来老是魂不守舍，心情混乱，写稿的速度无端地慢了下来！再这样下去，倘若交不出稿得罪了老编，恐怕连那几个专栏稿约也难以为继……

心里闷得慌，正想出去散散心，妻从外面猛地推门而入，与他撞个正着。

"喂！你去哪儿？强仔快开学了，得带他去买新书、校服、鞋子……"妻沉着脸，好似即将爆发的火山。

"省点儿吧！用旧课本，平价合作社有免费……"他回答，怯怯地。

"强仔的学费、书包、习字簿、交通费……你说，哪儿有免费？"妻咆哮着，咄咄逼人，显露出鄙夷的眼光。

又是为了钱，他默然了！家是由她每个月一千多元的薪水支撑起来的，她有较大的说话权。

当初恋爱的时候，有情饮水饱，写一首缠绵悱恻的情诗就足以令她倾倒，怎知婚后她再也不信这一套。遇到开门七件事，柴米油盐酱醋茶，方知金钱虽不是万能，没钱却样样不能的硬道理，像一块顽石，老是堵在心里，好不难受！

"你还在写？劝你去找份正当的事儿来做，你偏不听，写稿子能赚钱吗？"

"我……我也不想这样啊……"他很无奈，满腹委屈。

的确，方块字不能当饭吃，爬格子赚的钱只能勉强养活自己，这些都是事实，怎么与她争辩？

金融风暴是座活火山，一爆发就波及许多无辜。工厂倒闭后，文员的职位也跟着泡汤，失业一年多了，下一份工作还没有着落。赋闲在家的日子，涂涂写写居然变成了正业，苦乐尽在其中。

写作是他的天分！学生时代，成绩单上"满江红"，华文一科却成了"万红丛中一点绿"，作文分数总是高居榜首。

写游记最痛快了！让思绪天马行空，飞到世界的各个角落，观看山川大海，风花雪月……

"……苏门答腊火山爆发的奇特景观，熔岩从火山口快速奔泻下来，所向披靡，十分骇人……"

"……来到黄金海岸，黄昏，洁白的沙滩在夕阳余晖下，呈现出一片金黄色，天上浮云飘过，点点苍鸥……一家人在沙滩上追逐嬉乐……"

"……泰晤士河畔春光宜人，白金汉宫……接着到法国，与妻登上埃菲尔铁塔，巴黎美景尽入眼帘……浩瀚的古欧洲文明，震撼心灵……"

"……南极洲雪舞冰封，大地一片白茫茫，我和小强骑着雪橇，去寻找企鹅的踪迹……"

妻无法接受，也无法理解他的精神境界，她既不是作家，也不是他的读者。

"喂！你答应假期带强仔去日本旅行，假期都过去了……"，妻又在唠叨了，一发不可收拾！

"啊！不是刚去了北海道吗？"他顺口回答。

"见鬼！你疯了，还是在做白日梦？""火山"真的爆发了……

老人院

夜幕低垂，某私人洋房内，八十高龄的老人瘫痪在床，隐约听到儿子和媳妇的对话。

"阿龙，爸没人照顾，老人院方面你联系好了吗？"

"老人院到处人满为患，幸好找到一家有空位，在榜鹅！"

"这么远，驾车都要一个钟头！"媳妇没好气地说。

"没法子啦，听院方说他们本来是要建在我们家附近的……"

他紧闭的眼皮颤动了一下，思绪犹如倒转的黑白胶片，缓缓地回到了三十年前……

在居委会召开的会员紧急大会上，主席慷慨激昂，极力反对当局要在住宅区入口处的空地上建一所老人院的计划。

"太没道理了！怎么可以将老人院建在私人住宅区？我们必须团结一致……"

"为了不影响我们房地产的价值，为了不让整个住宅区暮气沉沉，我们要力争到底……"主席越说越激动，居民的情绪开始被鼓动起来。

　　"反对！反对在我们家隔壁建老人院！"大伙儿异口同声。

　　九成以上住户在请愿书上签了名，他胜利了……

　　他吃力地扳过头去，淌下了两行清泪。

老友！贵姓？

　　在这个社会混了数十年，认识的人当然不会少，这些人可算是朋友，也可算是相识或称为泛泛之交，这中间也可分门别类，像至友、知友、文友、腻友、玩友、酒友、赌友，以至于拍肩交、点头交、一面之交，等等。总之这些朋友，都是一个人一生旅程中的重要伙伴，没有朋友简直就像独处人世沙漠。试想一个人孤独地处于辽无际涯的沙漠中，是如何的寂寞悲哀。

　　然而在说多不多的朋友人物中，有多次却使我处于相当尴尬的局面，那不是说朋友对我有什么不礼貌的表现，而是自己记性太差，有时竟忘记了站在面前老友的姓名。

　　同一条巷出入的邻居，可算是相当熟悉的人物了，但好多年的笑脸相迎，点头为礼的习惯，一开始就不会彼此通名道姓，日子久了要问又觉得不好意思，就这样因循下去，成为标准的"点头交"，一直到他驾鹤四归，在佛寺丧场中才知道他姓甚名谁，岂不怪哉。

有一次在路上碰到一位似曾相识的人物，他很热情地趋前拍肩握手，行真正的老友见面礼。我实在记不起在哪里见过此君，可是他的热情动作却感动了我，于是拉拉扯扯之下，一同上酒家楼。啤酒下肚，他大谈所创事业，家庭儿女，也问我的近况，我当然照答无误，可是自始至终，都是你你我我的称呼，我根本想不出这位老兄的贵姓大名，至于他知不知我是另一回事。酒醉饭饱互争付账，我比他出手快些花了四百多铢，大家分手后，望着他的背影，我还是想不出他是谁。

又有一次街角上遇到一位从前的雀友，他声音洪亮，一见面就大呼大叫："喂！老陈，十多年未见面，近来牌运如何？现在我们在老林家有新场地，大家去会一次吧！"他不知我已经十多年没游四方城了，在这众目睽睽闹市中，居然大呼大叫，难怪行人目光都投向我这边来，使我格外难堪。其实我也忘记这位只有一赌之缘的人究竟姓甚名谁，心中有点不满道："请问尊驾是谁？我们在哪里见过？"哇！这样更不得了，他大声地喊："哎呀！老陈，你真的不认识我？那一次我和了满贯，你还欠过我三百铢呢！那时我坐在你对面呀！""啊！好多年前的事了，那三百铢不是结束时还给你了？""是呀！你还记得还我的钱，总算不坏！来来来，我们到老林家去。"他挽着我想把我拉走，我讨厌得很，旁人以为我们因赌债而拉拉扯扯呢！"喂！请吧！我还有别的事，你自己去吧！"我甩掉他的手，悻悻然走过马路，一路想了很久，还是记不得这位赌友的尊姓大名。

文人赈灾

"赈灾义卖，×艺人的衬衫，每件三百元！"

"歌星背包，每个两百元！"

"社会名流手表，每个一千元！"

"某阔太名牌手提袋，售价一千二百元！"

"……"

义卖现场气氛热烈，每件三百元、艺人穿过的衬衫，卖得一件不留；歌星的旧背包，成了抢手货！还有社会名流戴过的手表、领带；阔太的手提袋、饰物……市民爱心满满，义卖品卖得不亦乐乎。

"先生、小姐，买本书赈灾吧！"苏文在书摊前频频向群众推销书籍。

汶川大地震发生后，S国各界赈灾筹款活动如火如荼地展开。连日来义卖、义演、义诊、义剪等善举越来越热烈，大家纷纷给祖籍国灾民同胞献上一份爱心，希望能协助他们渡过难关、重建家园。

自己数十年前也是自四川省来的呢，理应为不幸的同乡弟兄捐点钱尽点心意，怎奈两袖清风，无能为力啊！那天正逢某商场举办赈灾筹款，号召各界人士将自己的珍藏拿出来义卖。他立即将自己出版的诸多部文集捐献出去，送至现场，以每本五元的低价出售。共同响应号召捐书义卖的，还有当地数十位华文作家。

苏文亲自来站岗，希望能为赈灾活动尽点绵力。对于这次的捐书赈灾，苏文心里还是充满期待的。然而……

"我捐钱好了……书不要……"

"文学书？没兴趣……"

"嘿……我只读英文书……"

顾客典型的回答，轻描淡写，苏文听来却仿佛是一盆冷水当头淋下。

家里什么都缺，唯独不缺的就是"精神粮食"。除捐书外，还能为灾民做些什么呢？苏文心里暗自惭愧，数十年来所赚的钱，除了基本生活费外，都用在购买书籍和出版自己创作的作品上了！老来穷途潦倒孑然一身，毫无积蓄，日子过得很艰难。小小的客厅、厨房、卧室到处是书架，架上摆满了各型各类的中文书籍，什么孔孟经书、诸子百家、诗词曲赋、古今名著……当然，还有这些本来堆积在墙角，叠得如同小丘般的新书，那是数百本自己的作品集，出版滞销剩余下来的。

　　摆在书摊上的文集，有小说、散文、诗歌，是他一生的心血。依稀记得上世纪60年代末他出版第一部长篇小说《火红岁月》，印刷两千本，不到一个月光景已全部售罄……接下来他努力不懈地写作，接二连三地出书，书本的销量却逐渐减少，直到最后都得放置在家中，叠成小山丘，再也无人问津了！曾几何时，有评论家将其作品评为当代经典；把他称作杜甫再世……

　　唉！风光一时又如何？十年河东，十年河西，这似水光阴已流过了数十年！如今文学作品已变成古董了吗？来来往往的行人总是说勉强买了也不读，或者根本读不懂？

　　说的也是，这年头，男士喜欢读财经、马经、运程；女士喜欢读美容、瘦身、仪态之类的书籍，有谁还肯花钱买本华文书来读呢！即便是购买义卖品也不例外！

　　义卖会圆满结束，除书籍外，其余的义卖品都卖得七七八八，总共筹得善款五万余元！书卖不出去，不能随心所愿地为灾民献力，苏文不免感到难过、沮丧。

　　"唉！百无一用是书生！"苏文自嘲道。

　　"不是说'天生我才必有用'吗？"好友调侃道。

　　"可我们这些落魄文人赈灾，心有余而力不足，白忙一场……"

　　正感无奈，忽然不知何处传来了有关地震灾情的报道：

"灾区校舍倒塌最新统计数字：5898。重建校舍，需要大量财资、物资……"

苏文落寞的心再次燃起一线希望，望着那一箱箱的书籍，他晓得自己该做什么了！

最佳挡箭牌

话说在 ×× 旅行社工作的东施接二连三地得罪顾客，接获多起投诉。因此，老板干脆把她调到投诉组去处理游客投诉的事宜，也就是变相贬职了！

"调职就调职呗，老娘样样行！"东施满不在乎，得意扬扬。

上任的第一天，就有三名游客上门来投诉。

第一名投诉者去了非洲回来，不满公司所提供的酒店"货不对版"。

"明明是讲好五颗星酒店的嘛，入住的酒店连半颗星都没有，骗人！"顾客愤愤不平，要求赔偿。

东施假装查资料，然后不慌不忙地说："五颗星没错啊，那是非洲的星，他们的标准肯定比我们低啦！你没看见非洲有很多人没饭吃饿死吗？入乡随俗怎么可以埋怨？"

东施就这样轻易地敷衍过去了！

接着来了一位安娣，她要投诉去香港旅游时，没按照行程表观光，指定的十个景点只去了两个，等于是白去了！

"你买东西、吃东西了吗？"东施问。

安娣点点头。

"那就对了，其余八个景点都是买东西、吃东西喽！你都去了，一个不少！"东施说。

安娣自觉自己只顾买东西、吃东西，连景点去过了也不晓得，太丢脸，也就不再计较了！东施又过了一关。

第三名游客投诉没有跟团的导游，使得五天的澳洲旅程状况连连，非常不愉快。东施查看记录，得知那是由于导游临时生病，无法随行。东施自知理亏，连忙赔着笑脸说："嘿……对不起，下次旅费给你半价优待作补偿！"

游客贪图便宜，立即订下了八天七夜的日本梦幻之旅。东施暗喜，她已预先将旅费提高了一倍，扯平！

调去投诉组仅仅一天，东施就赢得了"最佳挡箭牌"的称号，真不简单哦！

培训

　　小佳怀里揣着一沓表格，兴致勃勃地来到红山区。第一天走马上任，目标是这几栋楼高十层的一房式组屋。

　　应聘成功时，DWU官员对她说："你的工作很简单，做实地调查，记下每户人家的就业情况，特别是过了五十岁正在失业的人……"

　　工作简单，却很考脚力。不时还得吃闭门羹、遭白眼、碰钉子。然而，看在一天六十元工资的份儿上，小佳欣然应允了下来，况且这份临时假期工又能替穷困潦倒的人排忧解难，做做好事。

　　住户单位木门对木门，两排大门有的虚掩，有的深锁，有的大咧咧地敞开着。一条龌龊昏暗的长廊犹如一把利剑般从楼层心脏直穿而过。两头入口处的电梯旁堆满了废物。

　　"砰砰……"门敲开了，对上的是一双枯槁病态的眼。

　　小佳指着挂在颈上的吊牌，和气地说："安娣您好！我是 DWU 派来的职业培训倡导员，您家人有工作吗？我们可以提供各种培训……"

阿婆有些茫然，用广东话回答："我一个人住，今年五十多了，眼睛不好……"

眼前这位患有眼疾的贫困妇人，单靠救济金过活，她能做什么工呢？哪一项再培训课程最适合她？小佳搜遍了冗长的"职业再培训课程"清单：理发师、护士、厨师、侍应生、电话接线员、空调维修员、幼教、工厂工……竟找不到一个可以推荐的配对，只好在表格上填上妇人的个人资料，悻悻然离去。

走进隔邻，迎接她的是一位马来西亚中年妇女，怀里抱着一个婴儿。另有四个孩子如同梯级般排站着，眼睛里充满了好奇。

妇女说："我丈夫是工地散工，每月才赚八百多元。我只有小学毕业，想找份工补贴家用，孩子又没人看……去培训吗？好啊！但得先帮我看孩子……"

"月入八百，有申请就业补助金吗？"小佳关心地问，想起了那项专为低收入工友设立的"薪金补贴"条例。

"申请了，不批准，他做做停停……"妇女说。

"我们……我们尽量想办法……"小佳没辙，资料如实记录在案。

对面单位大门敞开着，门口的凳子上坐着一个白发苍苍的老伯，眯着眼用白纸在卷红烟，咳嗽声断断续续。往屋里一瞥，墙角的木床上躺着一个瘦小的老太婆。

小佳信步走过去打招呼："Uncle，您好！您退休了吗？"

老伯瞄了她一眼，愤愤地说："小妹妹，如果我可以退休就好了……"

原来老伯高龄六十五，没有受过教育，在小贩中心收碗碟，轮夜班。老伴两年前中风，瘫痪在床，还得由他照顾。小佳不敢提职业培训的事，寒暄了几句便离开，继续她未完成的工作。

傍晚时分回去总部交差，小佳仿佛从地狱回到了人间。唉！毕竟是新手，游说了一整天，竟然找不到一个适合加入培训计划的人，小佳心底萌起了一份强烈的挫折感！见到长官，她神色凝重，不由问道："阿Sir，有那么多不合格的人该怎么办……"

"跛马"失踪之后

    自从外号"跛马"的恐怖分子囚犯神不知鬼不觉地从守卫森严的监狱逃脱之后，×政部即刻出动数千名军警全岛搜索，展开大围捕行动，并通过媒体和通信系统吁请公众提高警惕，在第一时间拨打999，以协助警方捉拿"跛马"归案。

    傍晚六时，阿斯和阿得这对难兄难弟在咖啡店喝酒的时候，身上的手机不约而同地"笃"了一声，一按，"跛马"的人头影像就出现在屏幕上了！

    阿斯："哼！不是说他们效率很高吗？居然让一只跛脚马逃脱！"

    阿得："别这么说，百密一疏嘛！×部长不是已经道歉了！"

    阿斯："脱缰的马，看来很难追得回了！"

    阿得："军警已布下天罗地网，连国际警察也通知了！还怕捉不到？"

阿斯："那也未必，小岛虽小，要找个人还真不容易！"

阿得："所以要靠全民的合作，要是我遇到'跛马'立刻报警！"

阿斯："报警？我可不干！你喜欢跑警察局？上次我看见抢劫打了999，结果呢？一连被召去警察局五次，自找麻烦！"

捧咖啡的小莲刚巧走过来，听到这热门话题，也来帮腔："发MMS给我们，捉到了有奖赏吗？"

阿得："捉拿恐怖分子人人有责，也是为了我们自己的安全，还要奖金？"

阿斯："没奖金谁要举报呢？不如去举报逃税的、使用盗版Windows的……"

小莲："妙想天开！你以为'跛马'这么容易让你碰上？真像中马票一样！"

阿斯："嘿……对呀！如果碰上了赶快去买马票！"

小莲："买什么号码好呢……"

阿斯："什么号码都行，出生日期、年龄、身高、时间、地点……"

阿得："喂！喂！你们也太过分了！怪不得'跛马'已经失踪了五天还捉不到！"

那一条路

一

从南部城镇到和平村少说也有数百公里，车子在南北大道上风驰电掣，两旁倒退的树木在笔直的车道上投下斑驳的魅影。车窗外晨曦初露，天色暗淡，车内的如萍透过老花眼镜环顾四周，前方是一条宽阔的、不断伸延的高速公路，周遭景物一片迷糊，一颗忐忑不安的心似乎绷得更紧。

"麒麒，小心点！雾气很重，别驾得太快！"如萍轻声叮咛，心里却暗自焦急，恨不得即刻飞往目的地。

"妈，您放心，天黑以前准能赶到！"充当司机的儿子沉着镇定，保持每小时九十公里的车速，时而启动挡风镜上的拨水器。

唉！步入风烛残年，老毛病越来越多了，年轻时经年累月在生活线上母兼父职地艰苦奋斗，加上朝朝暮暮、望眼欲穿的漫长等待与思念，她已心力交瘁。晚年换来了一身的病痛：风湿症、贫血病、胃溃疡、肝肾渐衰……生命仿佛是一截燃烧至尽头的灯芯，随时可能泯灭。这些年来除非万不得已，几乎是足不出户，这趟长途跋涉的旅途，还真令人吃不消，如萍感觉有些晕眩，只好闭目养神。

曾几何时，她已将寻找亲人的殷切期盼转化为绝望，别无他求，日子反而过得稍微轻松自若，只祈望与儿子相依为命，安度余生。

二

"阿桐嫂，你还认得我吗？"到访的不速之客劈头就问。这瘸脚老头子衣服褴褛，满脸沧桑，举步维艰。

"你……是你……宋青！"如萍简直不敢相信，大桐的小学同学，失踪了半个多世纪的宋青，此刻居然出现在跟前。

"你……还健在……那……大桐呢？"如萍紧张地追问，一丝幻灭已久的希望，如闪电般掠过脑际。

"说来话长……日军投降后，本来抗日军应该走出森林回家团聚，我和大桐一班人却选择加入第八支队，北上继续抗争，后来……"

"……1989 年签署了《合艾和约》，我们放下了武器，被遣往和平村……"宋青陷入深深的回忆中，继续梦呓般地叙述往事。

"去年庆祝千禧年联邦政府大特赦，我获准办签证回返老家麻坡居住，最近从一个亲戚那儿得知你的新住址，特地来找你……"

"大桐，大桐还好吧，八十多岁了……"汝萍喃喃自语，眼里满含着泪水。

三

笨珍是柔佛州南部的美丽小城镇，西面临马六甲海峡，东边有山。沿海居民大多出海捕鱼，乡野地带则以割胶、种植黄梨、油棕为生。大桐和如萍是割胶工人，给经营橡胶园丘的洋老板打工。

沿着镇上一条趋向东北的黄泥路一直往前走，山路越走越狭窄，两旁尽是杂草荆棘，最终伸展至幽深的原始森林。

1942 年 8 月的某天傍晚，夕阳斜照的黄泥路上，大桐紧握着妻子的手，临别依依。

"萍，对不起，为了抗日杀敌，不得不离开你……"大桐语气坚定，眼神充满了歉意。

"抗战胜利后，一定要赶紧回来啊！"如萍依偎在爱人身旁，小腹微凸，欲言又止，满怀心酸。

"一定的，我急着回来看我们的小宝宝呀！"大桐语带幽默，意图舒缓凝重而感伤的气氛。

"我走了，回去吧！这里风大。"大桐终于放开了她的手，高大魁梧的身影，隐没在蜿蜒曲折的小路上，徐然远去。

三年零八个月，日子在诚惶诚恐中度过，当中只有小生命的诞生带给她唯一的喜悦。日本兵投降后，英殖民统治者又回来了，听说抗日游击队伍已经解散，抗日英雄得到了表彰……后来国家独立了，人民当家做主；又后来听说签了什么和约……大桐却依旧音信杳然。

多少个晨昏，她在小路上等待、徘徊，凄楚的眼眸望向远方，期盼有一天，大桐能奇迹般地从路的另一端，穿越深不可测的热带雨林，回到她身边……

年华逐渐地老去，孩子长大了，然而魂萦梦绕的人儿始终没有出现。古来征战几人回？渐渐地，她对丈夫的归来已不抱太大的希望，唯独让疑惑与忧伤永远盘系在心底深处，陪伴她从青春到年老。

四

路，终归有个尽头。

如萍抵达目的地已近黄昏，车子在一排单层木板平房门前停下，借助当地村民的指引，见到了缺了一条腿的、羸弱不堪的林大桐，他已隐姓埋名，改叫周思平。年近六十的林麒，至今才第一次会晤从未谋面的父亲。

"萍，后来……在肃反行动中，我被打断了腿，折磨得不成人形，恐怕会拖累你……没敢回去……对不起……"大桐声音沙哑、颤抖。

如萍紧握住他的手，千言万语哽在咽喉里，老泪纵横。

半年后，大桐获准回来笨珍定居，林麒为父亲装上了义腿，让他行走得方便利落。老两口常相携外出，执子之手，与子偕老。

有一天，大桐忆起了当年与娇妻分手的黄泥路，两人驱车前去探访，寻寻觅觅。小路，早已不见了踪影。

蒲公英的梦

　　夕阳西下，金黄色的余晖，洒满了植物园。湖畔，凉风习习。一片蒲公英无声无息地飘落在轮椅上，晓彤顺手将之夹起，又轻轻地放了。总觉得自己越来越像蒲公英了：随风飘荡，没有固定的方向……晓彤凝视着它，飞呀飞的，好久……好久……

　　高一那年在班上认识了凌生，晓彤深信那是老天对自己的特别眷顾。堂堂仪表的高才生、梦中的白马王子，就这样童话般地成为她的恋人！学业加恋爱，正如美酒加蜜糖，甜而不腻，令人陶醉。二人同心，其利断金，所有课业的难题，亦轻而易举地迎刃而解了！

　　"常年生草本植物——蒲公英"是高二班生物学的专题作业，二人一组，晓彤与凌生，自然是最佳拍档。

　　"彤彤，我们去搜集蒲公英的花、茎、叶做标本。"一对小情侣手挽手，到植物园寻找蒲公英的踪迹。

"凌，蒲公英的果实成熟后，为何到处飞翔？"晓彤问道，若有所思。

"因为它们喜欢自由，不愿受空间的束缚；可惜它们各分东西，不像你我一般！"凌生促狭地回答。

"那是文学，不是科学原理，怎么写进作业呢？"晓彤笑了。凌生的幽默感，最令她倾心。

"彤彤，我们一起念医科，一起开诊所……一起……"凌生对前途充满憧憬。晓彤感觉幸福似乎已来到了跟前，要抓牢、要握紧……

醒来时她双手紧握着床边的围栏，置身在医院的急救室中。下半身仿佛失去了知觉，不能动弹。迷糊中，依稀记得当天在回家的路途上，下车越过马路时……不知何故她竟躺卧在血泊中……蒲公英标本撒落地面，染得嫣红，再也飞不起来……

凌生来看她，双眼充满了血丝，一脸倦容，说了好多安慰的话。然而日子久了，他的言语，正如他来医院的次数，逐渐稀少，以致不再出现、音信全无，像天边的落日，向下沉、下沉……直到完全被黑暗的宇宙所吞噬……

从母亲口中得知凌生双亲反对儿子继续与她交往时，晓彤已心如止水，没有悲伤，也不曾掉泪。他是不应受束缚的，正如蒲公英需要自由一般。让他去重新寻找人生的伴侣吧！一个可以与他比翼双飞的另一半。半年来以轮椅代步的独来独往，亦使她学会了坚强。爱情，这虚无缥缈的东西，在残酷的现实面前，愈显空幻，有谁愿意为之付出额外的牺牲、沉重的代价？只在乎曾经拥有，不在乎天长地久……她做了一个好凄美的梦！

似梦似幻中，许多蒲公英从身边掠过，化成凌生的身影，飘然而去……蓦地，一片蒲公英在眼前晃了晃，跌落在胸前，晓彤骤然惊醒，环顾四周，暮色已朦胧。

正欲转道回家，耳边忽然响起一阵熟悉的呼唤声："彤彤！彤彤！"

晓彤回眸，只见凌生飞奔而至，瞬间，已紧握住她的双手。

"你……是梦是真……"晓彤无法相信。太奇妙了，整整半年不见的凌生，此刻竟然出现在眼前！

"彤，我想过了，就是要爱你，谁也阻挡不了！"凌生坚定地说。

"我已残废……你不介意……"晓彤很忧郁。

"别忘了，我要当医生……"凌生满怀信心。

"凌，蒲公英的专题作业呢？"晓彤急不可待地问。

"我单独完成了它，也写上了你的名字，年终考试快到了，我替你补习，还来得及！"凌生深情如故。

"但愿，这不是梦。"晓彤心里默默祈祷。

乔迁之喜

　　达塑企业买了新厂，公司上下无不雀跃万分。董事部已发下通令：一旦装修工程竣工，全体员工将迁入新的厂房，离开这污浊拥挤的旧楼宇。

　　新厂的装潢一点也不马虎，尤其是设在二楼的办公室。经理级以上的高层职员都有各自的办公室，气派十足。其他小职员则被集中在大厅中央的隔间，以方便上司使唤。看那名贵的波斯地毯、精心设计的落地窗帘、意大利进口的名牌家具，处处炫耀着公司高贵的新形象，犹如一只乌鸦飞上枝头变凤凰，从此脱离了寒酸相。

　　对于搬迁，生产部经理老王的心情是复杂矛盾的。老王年逾五十，三十多年来，他从工厂操作员擢升为组长，从组长到督工、主任、经理。这旧厂见证了他大半生的人生历程，从少年到白头。他还遐想在这里拼搏至告老荣休，这旧厂房蕴藏了他多少刻苦奋斗的辛酸和血汗！搬迁在即，老王对它产生了无限的依恋、不舍。

另一引起老王不悦的是新厂的昂贵铺张。近来市场不景气，塑胶业更是备受打击，外国订单减少了，货物滞销，公司业绩已大不如前。刘老板却将大笔资金用在新厂的装修上，简直是奢侈浪费！这与老王一贯的朴实作风背道而驰，他在会议上提了几次，刘老板却把它当"耳边风"。这几年来，老王充当刘老板"左右手"的地位，似乎已是有名无实，一想到这，老王就感到心寒。

这天，助手小张神秘兮兮地走过来问老王："王先生，经理的新办公室，已经分配好了吗？"

老王对小张笑而不语。有关安排新办公室的事，他是真的不清楚，那是行政部门的事。说来也奇怪，距离搬迁只剩三天了，至今还未接获有关的指示，叫人有些纳闷。唔，公司已今非昔比，规模越来越大，规矩也越来越多，各个部门的运作，分工细致，凡事都以公司内部函件、电邮为准，口说无凭，其余的道听途说，更不能当真。

小张加入公司已有两年，这个年轻人的工作表现还算不错，唯一的缺点就是善于巴结逢迎，投人所好。近日来，公司里不时有他即将升职的传闻，作为上司的老王，对此却一无所知。

直到公司正式搬迁的前夕，老王才接到有关通知。

乔迁之日，新厂张灯结彩，宾客如云。还请来了法师、和尚、舞狮舞龙，为新厂驱邪祈福。身材矮胖的刘老板，周旋在宾客之间，有如一只穿梭于花丛中的蝴蝶，正忙碌地带领贵宾到处参观。

"听说小张升级了，有自己的办公室！"

"王经理呢？"

自由午餐会上，同事们交头接耳，窃窃私语。

老王，始终没有出现。

水龙头的命运

清晨，和煦的阳光普照大地。

古老的机械维修厂，空气格外污浊。几台待修的大型机器搁在那里，散发出铁锈味、油脂味，和工人身上的汗臭味搅在一起。机器隆隆作响，掺杂着锤打、烧焊、拉锯等的"配音"，演奏出生活的忙与重。

一个陈旧不堪的水龙头，静静地躺在厂房一隅。它是兴建厂房的时候装置的，橙黄色的金属和款式，展现了 20 世纪 70 年代的风味。饭前饭后，工友们利用水龙头盥洗，放工后用它来清理身上的污渍。灼热难忍的下午，工友双手将水往脸上一泼，顿时暑气全消。自三年前厂方取消了上下午十五分钟的"喝茶时间"后，这水龙头就多了一项任务：提供工友们现成的饮料。

旋转式的开关器，早已损坏，扭不紧。水一滴一滴地往下滴，缓慢、准确，宛如古代的更漏。老工友明伯修理了多次，却总是修不好，说是找不到合适的活门。水龙头下，方圆一二公尺的地板，青苔滋生，地面有些滑溜，但明伯和工友们一点也不介意。他听说有个什么机构的办公室，装上了一台"金水龙头"。金水龙头是什么样子，明伯无法想象，但这么贵重的水龙头，肯定是不会漏水的，他想。

洗了手，明伯对着水龙头出神。啊！古铜色的水龙头仿佛变成了一个银白色、闪闪发亮的新水龙头，不漏水了！明伯嘴角泛起了一丝少有的微笑。

这天，厂房外不知何时停放了一辆崭新的"立胜"。金黄色车身在早晨阳光的照耀下，烁烁发光。六十开外的霍老板从车里钻了出来，阳光下的一张圆脸，愈显红润。他是个成功的商人，二十多年来，工厂从一家到两家、三家、四家、五家……公司营业额和利润好似发了酵的面团，膨胀了好几倍。听说近年来他还当上了社区领袖，为民服务，热心公益。

最先发现轿车的是正在扫地的印度客工姆杜。消息不胫而走，工友们暗地里互相通报——霍老板来巡视厂房了！

这"团结一致"的精神是从惨痛的经验中磨炼出来的。去年的某一天，当霍老板神不知鬼不觉地出现在厂房时，几个工友正一面做工一面听广播。倘若不是厂房总管求情，至少会有两三名员工被"请"出去。还有一次，印度客工三美在下午三点的"喝茶时间"到食堂买汽水，被霍老板逮个正着，即刻被送回印度老家去！算三美倒霉，他居然忘记了

"喝茶时间"已被取消的事。

霍老板所到之处，鸦雀无声。员工们都埋头干活，认真得无懈可击。尤其是满头白发的明伯，更是战战兢兢，唯恐一有差错，就马上会被"炒鱿鱼"。在厂里，像他一般年逾六旬还得以留下来的工友，屈指可数。

霍老板满心欢喜地跨出厂房，猛地瞥见墙角处的水龙头，滴出一滴晶莹剔透的水，他把脸一沉，嚷道："水龙头漏水，你们没看见吗？"

明伯惴惴地说："老板，这水龙头老修不好，太旧了，可不可以换一个新的？"

霍老板嚷得更大声了："太旧？坏了就拆掉算了，还留在这里干吗？"

古旧的水龙头就这样"寿终正寝"，遗骸还被当成废铁，卖给了"加朗古尼"①。

空荡荡的墙角，没有一丝水渍，青苔开始焦黄，显得模糊一片……

---

①加朗古尼：沿户收购旧货的商贩。

黑豹

　　黑豹原名叫李小黑，四十多岁，人如其名，身材魁梧，肤色黝黑几可媲美印族同胞。小黑是个急性子，脾气暴躁，而且是出了名的吝啬鬼，因此邻里中心的小贩同行都只管叫他"黑豹"，半带调侃和贬义。

　　黑豹在××邻里熟食中心炒果条已有十多年之久，他是摊主，样样亲力亲为，顾客很多。可他在这里并没什么朋友，不仅没朋友，还树敌无数，不时传来他与某个摊位老板、老板娘不和，或与其他小贩助手争吵的消息。大多是为了收碗碟、争顾客等芝麻绿豆的小事，如茶杯里的风波，吵闹过后也就算了。

　　由于长相凶悍，一副穷凶极恶的模样，这里的人个个都让他三分，对他敬而远之。久了，小黑就变成一只独来独往的黑豹了！

　　其实黑豹也是顶怕落单的，因此当中心成立小贩联谊会时，他也欣然加入，成为会员。可是每人每月二十元的会员费，黑豹总是赖账，一拖就是好几个月。炒果条一碟三块钱，一个月得白白报销多少盘？黑豹觉得很心疼。

每当财政向他追讨会费时，黑豹总是露出满不在乎的样子："退就退喽，参加了也没啥好处！"

旧的煤气供应合约期满后，联谊会代表全体小贩与供应商签署新合约，为期三年。凡联谊会成员，合约签订后可得供应商一千元的奖赏！黑豹听到消息，三步并作两步赶到会所，客气地问职员："嘿……我还欠你多少钱？一次付清……"

按照条规，三个月没付会费的成员作自动退会处理，幸好这条例没严格执行，黑豹如愿以偿地尝到了甜头！

稽查员在黑豹的摊位内发现一只活蟑螂，随即接获一张罚单。哇！不得了，罚款一百大元！黑豹急忙拿着罚单上会所，恳请商会为他出面向当局求情：就只有这么一只该死的蟑螂，准是隔壁杨嫂的杂菜饭摊跑过来的，那里最脏。冤枉啊！希望有关当局网开一面，将罚金减半……

求情信寄出去不久，申请居然得到批准，一百元的罚单改成五十元，黑豹喜出望外！

不久，鸡饭摊的坤伯去世了，联谊会会员决定集体在报章上为他刊登一则挽词，以示哀悼，也邀请黑豹参加，广告费每份五十元，余额由商会的基金补上。黑豹虽与坤伯争吵过，但人死后恩怨也该一笔勾销了，为了向左邻右舍显露善意，黑豹勉为其难地答应了！

　　不料，隔天黑豹即致电到会所，问道："五十元的广告费太贵了，只不过放个名字而已嘛，能否减半……"

平安夜

圣诞前夕，P城的旅游胜地，好不热闹。某大酒店外的露天咖啡座，时刻都挤满了来自外国的旅客。喝酒、谈天、拍照，周遭沉浸在一片节日慵懒祥和的气氛中。

莫里今天提早回家，他请了半天假。请假单上的"缘由"一栏，清楚地列明"与家人共度平安夜"。自从二十多年前当上了该酒店的保安人员，他还是第一次在圣诞前夕请假。严厉的欧籍上司虽然不情愿，也只好批准，虽然莫里并非基督教徒。

一踏进家门，儿子马安搂着打扮妖艳的英籍女友随后回来，手里还提着几瓶啤酒。莫里心里十分懊恼，这孩子越大越不像话了，书念不成，又不务正业。不仅穿着标新立异，头发还染成了棕黄色，终日只会耍洋腔，或哼些不伦不类的西洋歌曲。最近还学会上酒吧、跳舞、搂抱女人，甚至彻夜不归。

"告诉你不准把酒和女人带回家,怎么又忘了?"莫里以责备的口吻说。

　　"圣诞前夕嘛,喝点酒享受享受没关系啦!老爸,别太认真,会短命的!"马安边说边要把酒塞进雪柜。

　　"不行!要喝酒到外面去!我们家是严格禁酒的。"莫里提高了音量。

　　"走就走!别理他,宝贝。"马安拉了女友的手,悻悻然跨出了大门。

　　天啊!这孩子受西方的流毒影响如此之深,该如何是好呢?莫里感到很痛心。对于洋人、洋派、洋货、洋腔等,莫里没有半点好感,有时还觉得十分厌恶。平日在工作场所接触的洋人,总是眼睛朝天,尽管他终日保持一副亲切可掬的样子,但客人却对他不屑一顾,甚至还粗声粗气地使唤他,不时在他面前显露出鄙视的眼光。日子久了,莫里挤出来的笑容越来越僵硬,犹如蜡像馆里的蜡人一般。

　　还有那洋老板、洋上司,为他们忠心耿耿服务了二十多年,每天做足十二小时,从不迟到或早退,每月的薪水却依旧停留在六百大元,简直是剥削,无理的剥削!莫里越想越憎恨,墙上的时钟也似乎走得特别慢,像只疲惫的乌龟。

　　啊!这漫长的夜,漫长的等待啊……

　　妻子丝蒂不在家,准是到亲戚家串门去了。接近午夜时分,莫里悄悄地离开了住家,到距离酒店不远处的地点,和几个伙伴会合。

电视荧光屏上的圣诞倒数活动刚结束，酒店外闹哄哄的咖啡座，突然传来"轰"的一声巨响！刹那间，火花四溅，浓烟密布。接着凌厉的尖叫声、哭喊声响彻云霄！人影攒动，许多人倒下了，血肉模糊，零碎的肢体、食物、玻璃片被弹射至数十公尺之外……

媒体大肆报道了这起惊心动魄的"恐怖爆炸案"：死伤一百零一人，其中一半以上是外国旅客。隔天清早，莫里与妻子正在电视机前观看这则骇人的新闻，忽然电话铃声响了，是警方的来电："你是莫里吗？很抱歉，你快来警署一趟，我们在昨晚的爆炸现场找到了你儿子马安的尸首……"

丝蒂哭得呼天抢地，莫里站在一旁呆若木鸡。

警方马不停蹄地追查，意图尽快捉拿涉案的"恐怖分子"。请假的酒店保安人员莫里也被列入"可疑嫌犯"的名单。

怎么可能呢？大家议论纷纷，都说那是无稽之谈，因为他唯一的儿子——马安，也是惨案的牺牲者之一。

大选过后

  印度客工苏巴和古纳南驾驶着小型卡车,十万火急地赶到集合地点时,已超过约定时间半个小时。二三十名"白色使者"久候多时,显得很不耐烦。人群中的卓老板神色凝重,一见二人,当着众人向他俩吆喝道:

  "你们竟敢迟到,怎么只有一辆卡车?另一辆呢?"

  "对不起,老板,另一辆卡车⋯⋯在半路抛锚⋯⋯我们赶紧修理,修不好⋯⋯耽误了时间,对不起⋯⋯"古纳南诚惶诚恐地解释,说得结结巴巴,不敢抬头直视老板愤怒的眼神。

  卓老板一面向大家道歉、赔笑脸,一面邀请所有"白衣使者"勉强挤进卡车后面的车斗。

  "请大家原谅,都是我的错,请大家多多包涵!"卓老板低声下气地赔不是。

  "没关系,大家挤一挤。"主人客气地说,脸上的笑容业已消失殆尽。

　　然而，拥挤的车斗并没有破坏"白衣使者"们的高昂兴致，昨夜欢腾的气氛，余韵犹存。大选成绩揭晓出乎意料，首次披甲上阵前来挑战的候选人，竟然以压倒性的票数，击败了大热门的异党对手，成功夺回这一选区的执政权！今早的活动是轻轻松松答谢选民，感激该选区居民的大力支持。作为地方绅士的卓老板，在大选之前早已预先毛遂自荐，一旦主子当选，将义务提供两辆卡车兼司机，充作沿街答谢选民的用途。

　　"感谢你们的支持！谢谢大家！谢谢……"喇叭声量掩盖了引擎的嘈杂声，卡车缓缓而行，车上的人在高喊、在说笑、在招手，旗帜随风飞舞，卡车内外皆呈现出一片既兴奋又欢愉的景象。

　　唯有司机座位上的苏巴和身旁的古纳南，满脸愁容。二人心里七上八下，忐忑不安，却不发一语。彼此心里明白，都是同一艘小船上的人哪！如今，这艘小船不幸遇上了异国大选这股"黑旋风"，难保不葬身大海！原以为一切已安排妥当，怎料中途会出乱子？所犯下的滔天大罪，要如何去承担？他们各自想着心事，担忧自己茫然未可知的命运。

　　果然，卓老板秋后算账，追究责任。物流管理部门的曾经理首当其冲，因严重失职，被解雇了。如此庄严重大的任务，胆敢草率行事，两辆被征用的卡车，怎么不预先彻底检查，确保性能完好无损？结果呢？本该由两辆卡车运载的人量，只好硬塞进一辆卡车里，让高官显要们挤得像"沙丁鱼"一般。三个多小时的车程啊！在烈日底下煎熬，真是罪过！天大的罪过！不仅令他当场颜面尽失，长远的影响、人脉的损失，更是无法估计，简直是太可恶了！

两名当事人，苏巴和古纳南，更是难辞其咎。工作准许证即刻被撤销，必须尽快遣送回印度老家去。

二人到公司求情，声泪俱下：经理明明说过那两辆卡车刚在一个月前通过了一年一度的"车辆检测"，出发的前一天还做了检查，引擎机件一切良好。万万没想到走到半路，竟然"死火"，不管他们如何使劲，再也无法让它"起死回生"，时间紧迫，要修理已经来不及了……

但卓老板根本不听这一套。苦求不果，苏巴和古纳南被遣送回国已成定局。这无疑是宣判了他们的"死刑"，苏巴为了出国工作，千辛万苦向亲戚挪借，才筹足一笔七千元的中介费；古纳南更直接欠下中介公司六千大元。如今工作未满一年就回国，欠款如何偿还？往后的日子该如何度过？两名客工仓皇失措，顿感前路茫茫，不知何去何从？

在前往机场的地铁站月台上，苏巴和古纳南的心情格外沉重。列车甫到站的刹那，古纳南纵身一跃，跳进了轨道！苏巴和身边的搭客大声尖叫："啊！不要……快停车……"地铁站一片骚动，列车继续冲刺了数十秒钟才猝然停止！

有关人员正欲下去察看，只见古纳南从车厢底下缓缓地爬了出来，所有乘客已吓得惊叫连连，真是一个不可思议的奇迹啊！

　　惊魂甫定，苏巴慌忙向前将古纳南拉上月台，激动地拥抱着他说："你疯了？傻蛋……不死算你幸运！"

　　古纳南全身颤抖，含着泪说："我……忽然想起……大选快到了……我要回去……"

白头偕老

某私人医院的 A 级病房。

铁梅望着躺在床上奄奄一息的丈夫，心里的感觉矛盾莫名，说不出是怨恨、怜悯还是哀伤。与他同处一个屋檐下将近半个世纪，还是第一次与他靠得那么近！至今才发觉这个自命相貌不凡的男人，已老丑得不忍卒睹。银丝般的头发和眉毛，几乎全掉光，双眼微闭；布满皱纹的脸，因病痛而扭曲成一团，宛如搅糊了的面筋。一股幸灾乐祸的恶念，忽然涌上心头：凭你现在这副德行，还能在外拈花惹草、得意逍遥吗？

最先发现丈夫有外遇的是年仅五岁的小儿子。爸爸临出国前，好奇的小轩把玩着行李箱，掏呀掏的，居然掏出了一张属于另一个女人的飞机票，交给妈妈看。

"……她是公司里的秘书……她是联邦人，她身体弱……没有亲戚，我照顾她……"丈夫找遍借口，还是无法自圆其说。

被激恼了，他终于承认，而且词正言直："是的，她年轻漂亮，没你那么古板，整天只知道教书、改卷子，我和她志趣相投……"

为了给两个孩子一个完整的家，铁梅没有选择离婚，也从不与他大吵大闹。家，是由一对乖巧的儿女和两个形同陌路而又相安无事的父母组成的。从小，姐弟俩习惯了爸妈分房而睡，楚河汉界，界定分明：妈妈的卧房是爸爸的禁区，妈妈也从不踏进爸爸的房门半步。两人从不正面交谈，连家务事也分别处理，各自为政，像极了两位学校里忙忙碌碌、进进出出课室的老师。

铁梅知晓，自己也老了，白发苍苍，已是个七十多岁、有三个孙子的老太婆了。青春与欢乐，在发现丈夫移情别恋的一刻，就已经褪色，离她远去。从那时候开始，生命里只有孩子和工作，别无其他。步入晚年，两个孩子结婚后移居外国，空闲的时间突然多了起来，遂以六十几岁的高龄，报读了大学课程，追逐年少时无法完成的梦，日子倒也过得轻松、踏实。

丈夫的日子过得如何呢？铁梅一无所知，他是一个与自己毫不相干的人。数十年来，只见他早出晚归，一回到家就躲进卧室，偶尔在客厅碰面，欲言又止，想搭讪也是自讨没趣，铁梅从不加以理睬。

然而，那天他在家中昏倒，铁梅确实十分紧张、担忧，赶忙叫了一部救护车，把他送进了医院。年轻时爱情破灭所产生的怨恨、委屈，随着时光的脚步，已经淡化、模糊，她早已习惯了有一个"咫尺天涯"的生活伙伴，看他退休后体弱多病的样子，也实在可怜，半夜里从隔壁间传来的咳嗽声、气喘声，十分骇人，铁梅真怕他会突然喘不过气来，窒息而死！

　　一对"井水不犯河水"、有名无实的夫妻，竟然能够在一起白头偕老，共度晚年。老公生病，老婆陪伴在侧，画面倒也十分感人。世上的模范夫妻，也不过如此！铁梅觉得有些滑稽，真不可思议！她的心里充满了苦涩、无奈。

　　"你回去吧！别留在这里……"床上的老人动了一下，微张开眼，气若游丝。

　　"你要叫她来，是吗？也好，那我先回去。"铁梅冷冷地说，没有恨意，也没有激动。"她"，是什么样子？铁梅没见过，太抽象了，根本无法想象。

　　"……她在四十多年前已经病逝……梅，那件事……对不起……"丈夫上气不接下气地说。

　　"啊！你怎么没说？这些年……"铁梅震惊不已，一时百感交集，不知从何说起。

　　"梅，你……原谅我吗？"病人似乎已陷入弥留状态。

　　铁梅泪流满面，当生命走到了尽头，人世间的一切恩怨皆已不再重要。她紧握住丈夫的手，哽咽道："鸿哥，你别这样，我们可以重新开始……"

　　病床上已没有半点生的气息，床边的老伴，泣不成声，哭声在长长的走廊中回荡……回荡……

铁道上

午后，烈日照耀下的火车铁轨，泛着油光。靠近武吉知马近郊的铁道旁，除了钟铭牵着爱犬仔仔在溜达之外，别无他人。

"仔仔，来，咱们回工厂吧！傍晚再来。"钟铭说着，随手牵了老花狗向停在不远处的小型货车走去，将狗抱起放在前座，扬长而去。

说是工厂，毋宁说是一个狭窄破旧的仓库。四台"老爷"缝纫机，唯有一台投入生产，由老工友祥婶操作，延续着这祖传的手工业——缝制汽车座套的生意。其余三台机器已经搁置了多年，成了"大白象"。

"老板，这批货做完后，没有新的订单。从明天起，我不来了，这样做做停停，也不是办法……"钟铭一进门，祥婶便对他说。

钟铭眉头紧锁，没有搭腔，显得很无奈。祥婶早已习惯了有这么一个凡事漠不关心的"怪"少东。这几年来，工厂规模越做越小，业务几乎全由祥婶一手包办。这门生意从曾祖父、祖父、父亲再传到钟铭的手中，已是日薄西山，毫无作为了。

奈何呢？步入 80 年代，汽车座位已不再盛行装上什么座套。座位都由上好的皮革制成，亮溜溜的，多有气派，哪还需套上一层布料做的座套呢？即使是普通质料的座位，加层座套也显得老土、不合潮流。时代进步了，人的思想和作风，也跟着改变。

唯一不变的是钟铭，十几年来依然是这副吊儿郎当的样子。生意淡了，与狗儿结伴闲逛的时间，也渐渐多了起来，无论是清晨、晌午或黄昏，都可以在铁道旁找到他的踪影。

钟铭钟爱火车铁道的情结，是从小开始的。孩提时代的家，是一所简陋的亚答屋，坐落在武吉知马山脚下，住宅周围尽是些野生的芒果树、红毛丹树、榴梿树……果实成熟的季节，是钟铭最开心、最忙碌的时候。越过一小片丛林，即是来往新马两地的火车路。一天数趟火车掠过的声响，常叫小铭竖耳聆听，由远至近的隆隆声，充满了神秘感、诱惑力。那连绵不断的火车路，它来自何方？又往哪里去？何处是尽头？

妈妈常说："火车会带你到一个很遥远很遥远的地方，那里有大片的土地，漫山遍野的花草树木，蝴蝶、蜜蜂、蜻蜓到处快乐地飞舞……"

爸妈不允许小铭到铁道上去,但他总爱偷偷地溜出去与邻家孩童到轨道附近游荡,追猴子、爬果树、捉蟋蟀。其中一个青梅竹马的玩伴,后来还成了他的妻子。

然而,房屋被迫迁,一家人只得搬进红山区的"格子楼"。接着两老相继过世,钟铭为了继承父业,只好撇下修读一半的电子课程,中途辍学。生命里的快乐时光,也离他渐渐远去……

一向情投意合的妻,仿佛变得陌生起来。她爱摩登,装扮入时。白天忙于书记的工作,晚上逛街、购物、唱歌、跳 Disco,连什么歌剧院的脱衣舞,也曾与友人去观赏过几次,生活过得多姿多彩。最近,人事部经理史提芬生还安排她和数位同事去学电脑,以赶上时代的步伐。钟铭对这些新时代的玩意儿,提不起丝毫的兴趣,年少时的记忆,却在午夜梦回中反复出现。梦中,总少不了那静默的、伸延至远方的火车轨道。

"阿铭,你别那么食古不化好不好?都什么年代了,趁早把工厂结束掉,另找出路吧!"妻已不止一次向他唠叨。

"做什么好呢?没有一技之长……"钟铭眼中只有忧郁,一脸茫然。

"从头学起呀!总得找份工作。"妻劝他说。

妻不了解他,钟铭又何尝了解自己呢?多少年来,在自己封闭的世界中，生活仿佛是一个黑暗的牢笼，牢中除了自己，仅有仔仔。偶尔走在热闹的街道上，倍感自己是社会的异类。唯有来到这山野的铁道旁，周遭熟悉的景物、清新的空气才能让他找回自我、重拾信心，枯竭的心灵再度展露一丝生机。

苍茫暮色中，钟铭看到远处有两个身影，向他走来。

咦，那不是妻吗？身边的男人靠得那么近！钟铭下意识地拉了仔仔向前狂奔，诚如一只受到极度惊吓的野兽。远处传来震耳欲聋的巨响，轰隆隆……轰隆隆……在嘈杂声中钟铭仿佛瞥见了妈妈，微笑着，正对他讲述着火车的故事："那遥远的地方……蝴蝶、蜜蜂、蜻蜓飞舞……"

一切都归于平静，好似没有发生过任何事情一般。死寂的铁道上，传来了妻子凄厉的哭喊声："阿铭啊！……铭啊……史提芬是来给你介绍工作……"

仔仔在铁道上来回奔跑、吠声呜呜，它，在寻找主人。

坏账

　　T国某私人贸易公司的会议室里，财务经理林方正与审计师商讨年度账目报告事宜，对如何处置高洁华女士十万元欠款议题，意见分歧，几乎引起争执。

　　"董事部已决定今年把这笔欠款当作'坏账'注销，你就照着办吧！"林方软钉扎硬铁。

　　"不行，那不符合审计规则，注销坏账必须列明缘由，或是有法庭的诉讼作为证据，况且这笔账只拖了两年，不太久，可能还收得回，等等看吧！"审计师一点也不肯妥协。

　　账目没有成功获得报销，林方向赵董事长如实禀报，赵董心里虽然不悦，却不动声色，强忍了下来。第三年、第四年，高洁华的名字，依旧在"待收"的长期债务人名单中出现。为此，林方每年都被赵董教训一顿，说他办事不力。

　　高洁华是何许人呢，林方并不清楚。记得当时是赵董事长亲自来到办公室，亲口叫他开出一张志银十万元的支票，收款人是高洁华。在公司的账目中，林方只得将之列入"私人贷款"的项目。过后每年结账时寄出去的债务人"核对单"，却如石沉大海，全无回音。

又是年底结账的季节，林方和助手们正在为财务报告忙得团团转。这时，赵董事长把他叫了去，十分严肃地说："阿方，今年高洁华那笔坏账，无论如何都要注销掉，如果审计师不肯，我们就换另一家好了，审计公司多的是！"

林方唯唯诺诺。拿人钱财，替人消灾，董事长的命令，岂能违抗？林方打出了"更换审计公司"的牌子，审计师只好让步，十万元的坏账终于注销了，当作营业亏损，从公司的盈利中扣除。高洁华的名字，也就从公司的常年财务报告中删去，不留一丝痕迹。

新的一年刚开始，赵董事长心情格外兴奋。原来他梦寐以求的"社区绅士"头衔，已经有了着落。这个彰显个人社会地位的荣誉，将由国家最高领导颁发给极少数的"有功人士"，非常荣幸的是，今年，赵董事长榜上有名。皇天不负有心人，这头衔赵董足足等了五年咧！另一件让赵董笑不拢嘴的事是公司找到了一个大客户——与某政联机构签下两年合约，为其属下零售业提供所需的土产货源。真可谓双喜临门，赵董决定大摆宴席，庆祝一番。

庆祝会上，彬彬有礼的司仪向大家介绍："我们非常荣幸地邀请到农业部长李志义先生作为晚会贵宾，其夫人高洁华女士是一家政联公司的总裁……"

高洁华，高洁华，这名字似曾相识，座上的林方和审计师面面相觑。然而，这已是陈年旧事，谁也不愿再提起了。

晚宴办得非常成功，宾主尽欢……

第二春

病榻前，他握住一对儿女的手，颤巍巍地说："……房子和钱都留给拉雅……永……"话未说完，便咽下了最后一口气。

三年前，老爸决意再娶那越南妹，姐弟俩是极力反对的。

"爸，你有病吧？七十多岁的老头儿了，那女的不会对你真心的！"

"爸是年老入花丛，被那越南妹灌了迷魂汤……"

"她比我还小，怎当我后妈？"

两姐弟异口同声，意图劝服老爸打消再婚的念头，他沉着脸不发一语。拉雅他是非娶不可的，说啥也没用，老伴去世多年，孩子们怎了解他的心境？

三十多岁的越南妹娶回来之后，女佣就被辞掉了！老夫少妻，妻子外貌比较像他的孙女。外人的闲言碎语，他都当耳边风。

　　办完丧事，拉雅把洋房卖了，顺道提走了银行户头里的二十万存款，回老家去了。姐弟俩恨得咬牙切齿，却也无奈她何。

　　姐姐若有所悟，对弟弟说："老爸临终前是说，无论结果如何，永不后悔！"

鸟言鸟语

话说布谷鸟成群结队千里迢迢迁徙至邻国的大汉山脉，"布谷——布谷——"的叫声惊动了山林里的原住鸟，鸟林长赶忙飞过去探个究竟。

只见这批外来的布谷鸟群占据了一个小山头，正忙着衔草筑巢呢！

鸟林长拦住一只看似首领的布谷鸟，问道："喂！朋友，你们来自何方？怎么全都成了惊弓之鸟？"

布谷鸟惊魂甫定，答曰："不瞒你说，我们都是来自彼岸的小岛……"

鸟林长一听，尖叫道："哎呀！又是你们！"

布谷鸟道歉地说："对不起！对不起！请将就将就！"

鸟林长愤愤地回答："听说你们的小岛已是人满为患，没有鸟辈的栖身之地，再这样下去，我们这山头就要鸟满为患了！"

这番话触及了布谷鸟的伤心事，他不由得流下了眼泪。

仙人掌

　　浩然派发完最后一张喜帖，将未婚妻月蝉送返娘家。

　　回到自己的住所时，瞥见放置在窗口边沿的仙人掌，不知何时已被大风吹落，干瘪的茎叶整片地折断了，还砸裂了花盆的一角，碎片坠落满地。浩然慌忙找来黏纸、胶布、铲子、钢丝，修补了老半天，才勉强将植物与器皿复原，放回原处。完事后才觉得自己的行径毫无意义，不禁哑然失笑。

　　即将搬迁了，月蝉为他收拾房子时，不止一次地对他说："这棵仙人掌半死不活的，早该丢弃了！"

　　浩然总是报以一个苦笑，点点头，不置可否。

　　盆栽是浩然临出国前，与前女友秋云一同去买的，小巧玲珑，巴掌大的茎片长满了刺，却是那么的娇柔可人、富于灵性。植物和人，都曾经是他的最爱。一年的硕士课程，说长不长，说短不短，这仙人掌他带在身边，朝夕相伴，不知为他排解了多少相思之苦，给了他多少克服困难的勇气。

发现秋云变心，是在学成归来那天。在机场不见她的踪影，浩然已预感事有蹊跷，到她家方从伯母口中证实她已移情别恋——嫁给了她的上司，一位拥有博士学位的外籍工程师，新婚三月，正准备跟随夫婿返回祖籍国……

怪不得留学的后半年，她音信稀疏，电话通信总是仓促结束，说是工作忙、身体累，原来全是找借口！从中学时代他们就要好了，花了整整十年建立起来的感情，竟然经不起一年离别的考验！浩然实在很不甘心！

秋云临别前，约了浩然在公园会面，向他道歉。浩然一见面就给了她一记狠狠的耳光！发泄心头之恨。啊！遗留在她粉脸上那五个红彤彤的指印，何时才能消退？为此，浩然一直深感内疚和后悔。两人的恋情，从中学、初院、大学，到负笈国外，由始至终优美得宛如一首天籁，旋律骤然休止时，为何要在结尾处谱上一个丑陋的音符呢？

然而情已逝，伊人已离他远去，撇下他独自守着这装满回忆的房子。仙人掌搁置在窗前，不论清晨或夜晚，他总会不经意地给它浇水、施肥、除害，玩赏一番。过于殷勤的照料，已使得这棵植物不堪负荷，渐渐地枯萎，正苟延残生。恰似逗留在心底深处的爱与恨，早该断绝了，却依然若隐若现。

创伤痊愈后他不再奢望爱情，却不能没有婚姻。倘若爱情是生命中一个美丽的幻梦，尽管梦中有着太多太多情感的激荡，梦醒后的世界，却一切如常。结婚是实际的需要，好让现实生活中有个可以相互依靠的伙伴，像例行公事般，平凡而踏实。为了结婚，他毅然地走进了婚姻介绍所，结识了月蝉。

一天，月蝉兴高采烈地来到住所，扬了扬手中的盆栽说："瞧！我给你买了一盆新的仙人掌，肥肥壮壮，你一定喜欢！"

"是吗？很好看啊！"浩然漫不经心地回答。

"你那摔坏了的仙人掌，就留在这儿，别搬过去新家了。"月蝉边说边把贴满胶纸的盆栽移到屋外。

浩然若有所悟，思索了半天，才对她说："还是一起带走吧！它这么小，不妨碍地方的。"

残缺不全的仙人掌，放置在新家的窗前，奇迹般存活了下来，继续陪伴他做了一个又一个的梦。

精英

高中成绩放榜了，柯家豪不仅是全校之冠，在全国状元榜上，也是名列前茅，乐坏了一家大小，尤其是对他呵护备至、苦心栽培、期望甚高的父亲。

十科 A1 啊！连难度颇高的"英文写作"，也得了特优！

"小豪的英文了得，以后可以当高官，做大事！"孩子的爷爷说。

"老柯，你教导有方啊！"同事老马称赞他。

"……"

亲戚朋友们异口同声的赞美，令老柯激动得热泪盈眶。真是"皇天不负有心人"，从小在孩子身上采用的教育政策，终于取得了冀想中的成效！

老柯是个"老华校"，高中毕业后，眼看着进入英文源流的同伴们，个个平步青云，自己却犹如老牛一般，默默地付出、默默地牺牲。吃的是草，挤出的是奶呀！一辈子在社会上吃尽了不谙英语的亏，在职场上承受着诸多不平等的待遇和委屈，似一场漫长的梦魇，将永无止境地伴随他一生。年逾五十了，在工作岗位上还是原地踏步，只能当个薪水低微的货舱管理员。为此，老柯忍不住要暗暗责怪上一代的愚昧、对子女教育的毫无远见！

千万别让孩子学华文！打从小豪出世开始，老柯与妻子就在冥冥中立下了坚定的誓约。十多年来，彼此心照不宣，行动却十分一致。为了孩子，夫妻俩还报读了英语会话班，英语成了与孩子沟通的唯一"家庭用语"，华语和方言也就在孩子面前销声匿迹了！天资聪颖的小豪，上完两年教会主办的幼儿班，英语已说得十分灵光，甚至足以矫正爸妈满口生硬别扭的英语发音。

历史潮流、大势所趋啊！尽管在心灵深处，老柯对自己的语言文化尚存有几分眷恋，然则，"一朝被蛇咬，十年怕井绳"，这沉重的历史包袱以及种种华文所招来的祸害，无论如何也不能传给下一代！为此，老柯早已将家中所有孔孟哲学、唐诗宋词之类的书籍，悄悄地迁移至孩子看不见、够不着的地方，统统束之高阁了。

小豪从小只爱 ABC，不爱华文。在成绩单上，华文分数成了碍眼的"万绿丛中一点红"。但这个微不足道的小缺憾，自从有了"华文 B"的简易课程之后，问题就迎刃而解了！华文这科轻易过关，其他英文科目则是成绩斐然。"领取奖学金出国深造"的机会，丝毫不受影响。

一切都如愿以偿。奖学金的申请，顺利通过。出国深造的愿望，指日可待。负笈的是美国加州的某顶尖大学，四年的"社会与政治系"课程，全部免费，还提供了机票和膳宿。同学亲友羡慕不已，家人更是乐不可支。

候任奖学金得主"语言测试"当天，孩子心情紧张，老爸却信心十足，小豪是国家精英分子，奖学金非他莫属。

岂料，测试完毕，甫返家门，小豪就垂头丧气地问老爸："爸，蜀……道……难，是什么东西？怎么没听过……"

"啊！他们考你……李白的诗歌？华……文！不是考英文吗？"这一惊非同小可，老柯差点当场晕厥。

这场雨下得好大

上完最后一堂化学讲堂课，已接近傍晚六点钟了。依淇发觉外面正下着滂沱大雨，雷电交加，心底也仿佛笼上了一层浓得化不开的阴霾。

同学们都走了，只剩下邢副教授在讲台上收拾讲义。邢教授四十来岁，个子矮胖，笑起来眼睛眯成一条线，一张圆脸顿时变成了"弥勒佛"。

"弥勒佛"走下讲台，瞥见依淇还坐着不动，眯着眼对她说："喂！没带伞吗？来，我送你一程。"

依淇迟疑了一下，才缓缓地跟着邢教授，走向校园的有盖停车场。雨，淅淅沥沥地下着。

说真的，依淇对邢教授没有一丝好感，甚至还有些怨恨！从开学至今，化学科的两个测试一个作业，她全军覆没，居然没有一次及格。怪谁呢？怪爸爸吗？或许吧！明明知道女儿酷爱文学，理科根本不是她的强项，却苦口婆心地劝导她选读工程系，说是为了她将来的美好前途。

自己已经尽了力，那深奥难懂的化学理论、原子方程式，在考试前背熟了，怎知到了考场就忘个精光！试验室部分，更是致命伤，往往费尽心思也无法达至应得的结论。课堂作业是唯一的指望，偏偏又因迟交了一天，被倒扣 5 分，只得了 46 分！

"邢教授，您就别扣那 5 分，让我及格一次吧！"在车上，依淇抓紧机会，鼓起勇气向邢教授"求分"，请他网开一面。

"行！不过从作业和考试可看出你的化学根底很差，应该尽快找补习。"没想到邢教授还挺关心自己。依淇沉默不语，心里很难受，对他有了几分感激。

"如果你愿意，我可以协助，接下来的考试和作业，准没问题！"邢教授毛遂自荐。

依淇仿佛在黑暗中找到一线曙光，欣喜万分！立即同意。爸爸老早就在为她物色补习老师了，可是挑来挑去，全都不合她意。

说到做到，第一课当天就开始，补习地点就在距离学校不远、邢教授的私人公寓。抵达家门时，雨势转大，还刮着风。一把伞两人用，虽然是极短的路程，依淇的裙角还是被淋湿了。好冷的天！邢教授进厨房给她端来了一杯热饮。

补习是如何开始，又何时结束的？依淇感到很困惑。她曾经睡着了吗？迷糊中似乎有可怕的异物在周身上下乱窜，想躲开又感浑身乏力、动弹不得。周遭的一切似乎轻浮了起来，很不实在。神志清醒过来时，她躺在客厅的沙发上，身上多了一件薄棉纱！

"你太疲倦了，该多休息，我送你回去，改天再继续吧！"邢教授似笑非笑地说。

"哦，不必了！我自己回去。"声音很弱，心里很慌，一颗泪珠不由自主地夺眶而出。

外头的雨依然下着，空气十分阴晦，气温很低。这场讨厌的长命雨，何以如此缠绵？什么时候才停歇？依淇原本是喜欢雨的，总觉得它富有情调、充满诗意；也爱吟咏关于雨的诗句："君问归期未有期，巴山夜雨涨秋池……潇潇暮雨洒江天……"然而，此刻冷风伴着细雨吹打在身上、脸上、头发上……依淇哆嗦着，想起那诡异离奇的感觉和遭遇，雨点仿佛变成了冰刀霜剑，狠狠地戳刺在心上。

化学考试和作业终于及格了，然而，依淇一点也不觉兴奋。一向沉默寡言的她，比以往更忧郁了。每逢下雨天，在讲堂里，耳边仿佛听到"弥勒佛"对身边的女生说："没带伞吗？我送你一程。"

"不要！不要！"依淇心里在呐喊，却一如既往地装作若无其事的样子，抿着嘴，始终保持缄默。

薏耙^①

餐桌上，一盘堆叠得整整齐齐的"薏耙"，摆在各种各样西式菜肴当中。糯米做的外皮，椰丝、花生加椰糖做的馅料，裹在折成圆形的香蕉叶之中，个个胀鼓鼓的，中间还点了红，格外显眼。

孙子满月了，阿嬷起了个大清早，拎了 20 个"薏耙"，满心欢喜从裕廊搭了一个多小时的公车，来到东海岸儿子的公寓。这年头，好吃的"薏耙"不好找，这正宗"薏耙"还是她特地向海南乡亲定做的。长孙的弥月之喜，没有"薏耙"怎么行呢？

"这是什么东西？"口操英语的同学、同事们，指着那盘"薏耙"好奇地问。

---

①薏耙：海南人喜庆和节日必备的传统糕点。

90

"嗯……"

见儿子媳妇词穷，阿嬷一个箭步向前回答，"薏粑"二字说得特别响亮，道地的海南腔，并以生硬的华语解释"薏粑"的由来。儿子有些尴尬，暗地里埋怨老妈，在这刻意以时尚为品位的聚会弄来这款老土的糕点，摆在那儿显得格格不入。

阿嬷意图向宾客推荐，却感力不从心，她不会说英语。宴会结束了，"薏粑"还是无人问津。

"妈，你带回去吧！以后别带这东西来了，我们不爱吃……"

阿嬷闷闷不乐，她始终不明白，为何海南人的孩子，会摒弃了这美味的"薏粑"呢？

多子多福

三房式组屋骑楼下的乐龄角落，刘婶正向老邻居一一握手道别。

"真舍不得啊！以后我会回来探望你们……"刘婶操着地道的潮州方言，滔滔不绝，写满幸福的脸上，露出几许不舍的神情。

"刘婶，你真是多子多福啊！"刘婶育有三男一女，个个都已成家立室，学有所成，羡煞街坊老邻居。

老伴死了，组屋也卖了，只得搬去与子女们同住。卖屋是儿女们的决定，老爸去世后，儿女们异口同声地说："别让老妈单独一人住组屋，太危险了！"儿女的一片孝心，令刘婶老怀堪慰。

奉养母亲的责任由四名儿女分担，当然，卖屋所得也就分成了四份，兄妹四人平均分享。商议结果，决定由大哥开始，依照顺序轮流将老妈子接返家中留宿一周，一个月下来，恰好完成一个轮回，周而复始。来来往往的路程，皆由子女负责载送，好似田径场上的接力赛，一切安排得天衣无缝。

刘婶有个大皮箱，里头装满了她所有的财物，除了随身替换的日用品：衣服、手帕、毛巾、牙刷、鞋子；控制高血压、糖尿病的药丸；还有首饰、丈夫的遗照、邻居的纪念品……每到一处，刘婶总是不厌其烦地将物品一件一件地取出，安置在适当的地方：衣物在橱里、毛巾牙刷在浴室、纪念品在桌子上……"这才像个家嘛！"刘婶心想。

遇到陌生的邻居，刘婶总不忘重复着她引以为荣的开场白："我有三男一女咧！有四个家……"

然而，刘婶的"家"，却时常更换，待她稍稍习惯了周遭的环境、开始与楼下阿伯阿婶交谈时，一个星期的期限又到了，她又得收拾起包袱，准备搬家。

"赶鸭子"式的生活越来越令刘婶吃不消了。她经常将各子女家中的成员、女佣、猫狗和邻居的名字张冠李戴，明明身在老大家，却喊着二媳妇的名字，又错把老三女佣米娜当成老四家的哈莉玛。出外常迷路，因为人生地不熟，总是认错方向，在家里进错卧室、厕所，摔破碗碟等更是常有的事。搞得大家都厌烦不堪，也开始吃不消了，亲人深感无奈之余，却还得尽量容忍。

刘婶担心出乱子，给家人招惹麻烦，精神常处于紧张状态，渐渐地，性格也变得乖戾起来。她时而喋喋不休，时而沉默寡言，老爱为了一点小事发脾气，与孙子媳妇女婿起冲突，或找女佣的碴儿。如今的刘婶，与当初搬进来的乐观开朗的婆婆，已判若两人。

"婆婆好奇怪！整天叽里咕噜，自言自语。"孙子说。不谙方言的孙子，与婆婆没有共通的语言。

"老妈越来越难侍候了！"媳妇、女婿开始埋怨。

"妈妈得了'老年痴呆症'吗？"子女们有些担忧。然而，刘婶也不是事事皆糊涂的，碰到不很熟络的邻居，她还是一本正经地对他们说："我有四个儿女……"神气十足，一点也不含糊。

为了减少妈妈更换住所的次数，省去往来路上的奔波，小妹提议将每家七天的留宿时限延长至两个星期。然而，这计划即刻遭到哥嫂们的反对：大家都有各自的工作，得为生活忙碌拼搏，实在无法长时间照顾她老人家；况且，在一处住久了，与家人发生矛盾摩擦的概率也愈高。一周的期限恰恰好，正符合大家的容忍度，可减低彼此的压力……

理由一箩筐，一切的安排只好"外甥打灯笼——照旧"。子女来回接送，刘婶依然过着她居无定所的流离生活。有一天，在电视上她瞥见四处迁徙的游牧民族，骑着骆驼、扛着包袱，老老少少，从一个绿洲到另一个绿洲，不禁悲从中来，觉得自己仿佛也变成了"流浪婆"，心里好不凄怆！呆滞的双眼，不由自主地流下了两行老泪。她的精神与健康状况，也随着时日的推进，每况愈下。

该不该送她去老人院呢？子女们又在召开会议了……然而，费用实在太高了，还是留在家里合算……

一天，四名子女一齐接获由警方传来的紧急通报。当他们赶到现场时，只见刘婶染满鲜血的身躯，静静地倒卧在距离三房式组屋旧居不远处的草坪上，身上带着四个孩子的住址。

老邻居和街坊震惊不已，大家七嘴八舌，议论纷纷：

"唉！可惜啊！可惜！听说她患了老年痴呆症，她有四个能干又孝顺的孩子，本来可以享享清福……"

排名

古希腊某王国，地广人多。

亲政十多年的老皇帝，已于前日驾崩。太子继位，这代代相传的帝王世家，至今已传至第八代皇孙了！

小皇帝可不是等闲之辈，做太子时，在太学堂读书十分用功，学的不是什么四书五经，而是专攻超时代的科学原理、商贸之道。闻听遥远的神州王国已经发明了火药、罗盘之类的新玩意儿，更是千方百计学习、钻研，俨然是一位思想先进的顶尖皇储。

新皇登基，改朝换代，小皇帝趁机引进新血，排斥老臣。为了驾驭朝廷众老卿家官吏的权势，采用了"官资排行榜"的制度。盖朝廷中所有的新旧大小官吏，皆依照才干与实力，顺序排名，从而赐予官职，任人唯贤，绝无徇私。

排名结果，新晋年轻官员个个名列榜前，三朝文化司元老阿士米竟然屈居末席，续任无望，难逃被罢免的厄运！阿士米心有不甘，前去宰相府求情，宰相无权做主，二人只好入宫叩见皇上。

"皇上圣明，三朝元老阿士米，才高八斗，饱读诗书，请皇上三思，给予留任！"宰相代为求情，语气凝重。

"哦！委任官职一事，朕引介了'排名'制度，秉公处理，能者得之，阿士米通晓科技商贸乎？"皇上问道。

"启禀皇上，微臣虽然不谙贸工，但向来主管文化司，一心将古希腊文化发扬光大，请皇上明察……"阿士米跪倒在地，恳求皇上。

"卿家此言差矣！当今世道，文化值若干银两？提倡文化，迂腐之风也！"皇上一副大义凛然的样子。

"皇上圣明，先王临驾崩之前，晋升阿士米为二品官，旨令业已颁布，现猝然革其官职，该如何向天下百姓交代？"宰相为难地说。

"告知百姓，卿家自愿请辞，告老还乡！"皇上说。

"但……微臣实未到腐朽之年……"阿士米惴惴不安地回答。

"另拟原由告之即可，这等小事，怎来烦劳朕？"皇上显得不耐烦了。

"谢皇上！"阿士米和宰相只好悻然引退。

接任其官职的是高居排名榜首的年轻当选状元哈美。阿士米自知在朝廷已无立足之地，只好黯然还乡。新官哈美工商出身，一上任即大刀阔斧，将古老的"希腊文化文学"改为"工商文化"。阿士米暗地里将撰写至一半的《古希腊文明史》，带回家乡，继续他的编纂工作。

王国从此重商轻文，与神州、天竺、扶桑等王国商贸往来频繁。上至君王，下至百姓，皆崇尚物质，追求黄金银两。而人文历史、道德礼仪，则无人问津，渐渐地遭人遗弃。古希腊文化，从此没落了！

时日一久，朝廷皇亲国戚、文武百官渐渐地贪污腐败、荒淫无度；富贾奸商贪得无厌，官商勾结，道德败坏；民间贫富悬殊，盗贼猖獗，加上种种苛捐杂税，愈使民不聊生，百姓个个叫苦连天！

阿士米心灰意冷，从此隐姓埋名，不问国事，乃专注于《古希腊文明史》的钻研，终其一生。

泱泱大国，湮灭在滔滔历史洪流中，不留痕迹。阿士米的名字，却在"古希腊伟大历史人物"名册上，高居榜首！

酷

岛国西部某社区中学。

午后一时，上课铃声响起，洪益老师兴致勃勃地踏进中二 C 班的课室，同学们个个兴致高昂，满心期待。

"同学们，今天我们来唱一首具有历史意义的流行歌曲……"洪老师高举一张光碟，兴奋地说。

"我知道，是《曹操》！"没等洪老师说完，坐在最后一排的标准歌迷李盛就抢先说了，于是全班哗然，课堂上一片喧闹！

"正是这首歌，它比其他情情爱爱的流行歌曲，多了一份历史感。"洪老师认真地说。

洪老师上的是华文课。自从学校实行了最新的"少教多学"教学法后，华语流行歌曲即成了教材的重要部分。校方企图通过青少年对流行歌曲的喜好，激发他们学习华文的兴趣。所选唱的都是时下当红歌星的名曲，什么桐桐的《远方情人》、"三三四四"的《流星雨》等，班上同学个个如痴如醉，歌词倒背如流，华文字因而学了不少。华文课变成了歌唱课，一扫以往的枯燥乏味，老师学生，皆大欢喜！

其实，年逾五十的洪老师对流行歌曲一点也不在行，幸好他有一个念中四的儿子，天生喜欢唱歌，所有歌王歌后的碟子，从不错过。这首《曹操》，是他在儿子书桌上寻获的，演唱者是红遍东南亚歌坛的偶像派巨星 Jay Kay，这是他第十一张专辑里的主打歌。光碟还附有歌词手册，正好提供老爸一些相关的知识和所需教材。

洪益心知肚明，学校里的华文老师，地位卑微，与其他的科任教师相较之下，似乎矮了一截。这些年来，校方的华教政策，如海上风云，变化多端。作为华文科任老师的他，从来就无权过问，只好硬着头皮统统接受了下来。个中的滋味，犹如哑巴吃黄连，有苦自知！可洪益是个尽忠职守的好老师，尤其热衷于传授与华文息息相关的中华文化，即便他绞尽脑汁、费尽心思将课文讲解得十分生动、浅白，也提不起学生学习的热忱……面对着一群与母族语言文化渐行渐远的新生代，洪益实在无计可施，倍感痛心、无奈！

以流行歌曲引导学生学习华文，或许是个可行的方法，洪益对这崭新教学法开始有了一点点信心……

午后的天气十分闷热，同学们依然精神奕奕，边听边唱、边唱边学，十分投入。《曹操》的歌词也学得特别起劲：

"不是英雄，不读三国……"接着，洪益遂将春秋时代、战国七雄、三国鼎立的历史背景大略讲述了一遍。又把古典名著《三国演义》里的其他重要人物如刘备、孙权、诸葛亮等，也一一列举，介绍给同学。

同学们一听到老师开始讲历史和文学，瞌睡虫顿时爬满了全身，感到疲惫、乏味。有的摇头摆脑，心不在焉；有的闭目养神，假装没听见；有的仿佛还沉浸在方才那充满动感的旋律中，余兴未了，连身体也跟着左右摇晃……

洪老师见状，有些气恼，将手中的指挥棒一挥，指向前排的一位女同学，大声问她道："秀丽，你说说看，曹操的性格如何？"

"曹操嘛……他很酷！"秀丽不假思索地回答。

"酷？作何解释？"洪老师大惑不解。

"……"秀丽也一时语塞，答不上来。

"因为他……像 Jay Kay！"

"是的是的！老师，你没去 Jay Kay 的演唱会吗？他扮曹操……很像！好帅、好酷！"

"喂！是他像曹操，还是曹操像他？"有同学反驳道。

"反正都一样，酷……"

"曹操他……不啰唆……"有人念出了歌词。

提到演唱会，几个去观赏过的同学七嘴八舌、争相发言，大家绘声绘色，迫不及待地要向洪老师表示，自己见过

"曹操"，对这一历史人物已了解得十分透彻。

洪老师不耐烦了，遂向班上发问："'酷'字，有谁会写？"

一位同学从容不迫地走到台前，在白板上大大地写下了"C－O－O－L"四个英文字母。

"华语，COOL！"班上又活起来了……

接班神

岁末，凡间大小官神包括贬神统统被应召回返天庭，参加千年一届的众神大会。

闻听主宰了宇宙千年的老天神，正在物色接班神。

众神皆感纳闷：自从盘古开天地，天神宝座不都是世袭继承的吗？怎么这次慷慨让位，传给"外神"？

"这年头，连天庭也与时并进，搞新花样……"

"看来是形势所逼……"

"小天神是个窝囊废，接不了班的……"

众神议论纷纷。

大会开始，老天神语重心长地说："朕于鼠年开始将退居幕后做参谋，另委接班神！"

老天神随即宣布了候选名单：

八方土地神

四海水龙王

天神小太子

　　为了公平起见，新一届天神将由众神秘密推选，这是史无前例的，众神均感兴奋。

　　这时，只见独具慧眼的贬神"二郎神"周旋于众神之间。一番耳语过后，众神个个神色凝重，面面相觑……

　　表决结果，出乎意料的，年方十八的风流小太子高票当选，才高八斗的土地神和水龙王竟无神问津！

　　众神觉得没趣，也就径自下凡，各就各位了。

自尊

　　汤姆陈在报章上五花八门的征聘栏目里浏览了半天，才剪下一则"急聘人事部助理"的广告，鼓起勇气前去面试。

　　抵达时，等候室里已坐满了人。汤姆神经紧绷，心绪不宁。他深深地吸了一口气，下意识地甩了甩头，试图纾解患得患失的紧张情绪，却怎么也甩不掉那逗留在脑海中的鲜明记忆……

　　失业是咎由自取吗？或许是吧！汤姆的苦衷，不曾轻易向人倾诉。在心灵深处，他要保有那仅有的一点自尊，尽管为了这份自尊，他已付出了沉重的代价。

　　失业前他是某私人贸易公司的人事部主任，薪水和职位皆符合学历与资格：大学商学系毕业，主修人力资源管理学，精通双语。辞职时他义无反顾，十分洒脱，一如某诗人所吟："挥一挥衣袖，不带走一片云彩"。这壮举不仅令同事亲友感到震惊，就连一向"城府森严"的华老板，也措手不及!

"从下个月起，李察将擢升为人事部经理……"去年圣诞节过后的职员例常会议上，华老板向大家宣布了这关键性的消息。

与会的汤姆陈，只觉耳边嗡嗡作响，其余的一切都听而不闻。李察，不就是他属下的职员吗？自己升职无望，身边的年轻助手竟然连升两级，当上了部门经理，太意外了，汤姆简直无法接受这突如其来的改变！

李察年约三十，英气奋发，早年负笈英伦某著名大学，加入公司未满两年。倘若他是新聘职员、倘若他是调自其他部门的员工，汤姆也就无话可说，只好认命。偏偏李察是他的直隶下属，一夜间竟然变成了他的上司，叫他该如何扳回颜面、调整心态去应对呢？过去汤姆曾经以上司的身份，指点他的错误、批评他的表现，李察升职后是否也如法炮制，给予"回敬"？往后的日子，倘若得成日看他脸色，对他言听计从……汤姆思索了一天一夜，翌日，毅然递交了辞职信，没有勇气面对这个可怕的现实。

辞职后重新觅职的际遇，宛如一场场梦魇，折腾得他心力交瘁，一颗心仿佛陷入了谷底，沮丧而无助。大学文凭的市场价值，随着年岁的增长，逐日贬低。纵使他对薪金和工作条件的要求一降再降，求职也屡遭挫败。寄出去的应征信，十之八九有如石沉大海，即便侥幸获得传召面晤，结果也仅止于"回家等候消息"。合适的空缺都被年纪较轻的竞争者捷足先登了，没有他的分儿！一年来，投函—面试—被拒—再投函，这磨人的循环流程，像女巫的魔咒，始终无法破解，汤姆置身其中，倍感忧心、劳累、恐慌。

妻子的唠叨和怨言，老是在耳边萦绕，一家人的生活担子，又怎能指望她一人承担？于是他骑牛找马，意图在觅得理想工作之前，尽量找些临时工来做：售货员、书记、司机……眼下这份快餐店的工作，半日制，以钟点计算，一天赚取工资三十元，至少可以补贴家用。未满五旬的中年人哪！竟然沦落至这步田地，汤姆惊觉自己已被社会所遗弃，成了时代主流以外的"边缘人"！

几经辗转，辞职时对就业前景的自负与自信，早已支离破碎、消磨殆尽。唉！早知如此，当初就不该逞一时之强，仓促地辞去做了十年的稳定工作，犹如亲手砸碎心爱的古董一般，没有挽回的余地了！然则，一切都是为了自尊——神圣不可侵犯的自尊……

"汤姆陈，轮到你了！"叫声把他从冥想中唤醒，汤姆急忙走进会客室。

"啊！是你……李察！你怎么……"一踏进门，汤姆简直不敢相信自己的眼睛。

"嗨！Mr.Chen，这么巧，别来无恙！我上个月刚跳槽过来这儿……主管人事部，大公司比较有前途……"李察双眼在他身上上下打量，汤姆顿感旧疮口仿佛被人猛刺了一下，好痛！

"旧同事嘛，优先录取你……"李察显露善意。

"谢谢！我回去考虑……再答复……"一年来第一次面试成功，而且是不费吹灰之力，然而汤姆非但没有惊喜，反而犹豫不决，回答得吞吞吐吐。

想了一夜，隔天，汤姆如常地回到了快餐店……

真爱

"我……走后，你改……嫁……要带眼识人……"

病榻上，八十高龄的齐老教授颤巍巍地对娇妻说出了最后一句话，就咽下最后一口气，撒手尘寰了。

齐夫人黎嫣，是他的第二任妻子，年方三十。齐教授七十五岁那年，原配夫人因肺痨病去世，黎嫣是他在大学里辅导的研究生，两人因课业所需，朝夕相处，日久生情，终于谱写出一段绝代的忘年恋曲。在万众瞩目下，垂垂老矣的齐教授携带着溢满青春的黎嫣，走进了婚姻的殿堂，老夫少妻，一时传为佳话。

"齐夫人，齐教授的遗产都留给了您……"

"齐夫人，齐教授的遗嘱可以公开吗？"

齐教授家财万贯，仅洋房公寓，就有好几幢，此外还有汽车、珠宝、保险单、股票、银行存款，堪称富甲一方。齐老虽有远亲，却没有子女。想当然耳，未亡人黎嫣该是遗产的唯一继承人了。媒体争相采访、报道，舆论言之凿凿，黎嫣因此名声大噪，被冠以"钻石寡妇"的雅号。

立遗嘱的事，齐教授生前三缄其口，除了其律师兼好友章和之外，从不曾向任何人透露过，包括爱妻。而黎嫣生性质朴、淡泊名利，不贪图荣华富贵，对于齐家财产多寡，从不过问。丈夫死后，遗产如何分配，她更是一无所知。

"对不起，一切已交由章律师处理……"对于八卦记者的询问，黎嫣无可奉告，觉得好厌烦。

于是，媒体转而一窝蜂询访负责设立遗嘱的章大律师。

"各位，根据齐教授生前的指示，遗嘱内容将在他逝世两周年的纪念日公布。"章律师明确地宣布了消息，看来一时谁也无法打破这闷葫芦，只好作罢。

死者已矣，当一切恢复正常，围绕在黎嫣身边献殷勤的单身男士，渐渐地多了起来。"钻石寡妇"的名堂，给了他们无限的遐思与幻想。其中有和她年纪相仿的旧同学、未满三十岁的大学生、年近半百的资深教授……大半年过去了，黎嫣依旧生活在丧夫的悲痛之中，心如死水，不轻易涉及男女间感情的事。对于男士的猛烈追求，她冷淡处之，不为所动。

然而，午夜梦回，齐教授弥留之际的言语反复出现："嫣，你……改嫁吧……"啊！当爱情升华至无私的崇高境界，凸显的原是完美的人性光辉。在天之灵的齐老一再劝说她为了下半生的幸福，另觅终身伴侣，另找感情的归宿……毕竟，她尚是个风华正茂的少妇，往后的人生路漫长崎岖，怎能就此孤独终老？然则，想到先夫"带眼识人"的嘱咐，再看看身边犹似苍蝇般围着她团团转的男士，黎嫣心扉紧闭、步步为营，感到好不怅惘！

时光荏苒，转眼间过了两年。在齐教授逝两周年的纪念会上，章律师宣布了遗嘱："余遂将名下九成财产捐赠于慈善机构，剩下一成由爱妻黎嫣继承。遗嘱缓后生效，将由章律师另行通知……"

众人大感错愕，黎嫣反而泰然置之，对于先夫的乐善好施，深表敬佩。

真相大白后，一夜之间，众多对她献殷勤的男士，都离她而去，宛如夜空中闪烁的星斗，在黎明来临的一刻，即消失得无影无踪。只剩下一位半工半读文学系书生——范石臻，对她不离不弃、痴心如故。斯人表明心迹，令黎嫣芳心大受感动……

在黎嫣和范石臻的婚礼上，章律师宣读了齐教授的"最终遗嘱"："余所钟爱的小女人业已找到了足以托付终身的真爱，为了让她爱情与物质兼得，在她再婚之日，余将九成遗产赠赐予她，保留一成充作慈善用途。原先所订遗嘱就此作废……"

做报告

刘敏改完了四十篇学生作文，再一口气"杀青"三份校长所规定的课外活动报告，已是疲惫不堪，抬头一看，墙上挂钟正指向午夜十二时，猛想起明早四年级 A 班的华文课还未准备，不免有些心慌。

要教些什么呢？刘敏一时毫无头绪……

自从学校采用了"创意教学法"后，老师就必须亲自去寻找教程范围以外的资料，充当教材。刘敏每每绞尽脑汁、出尽法宝，力求突破创新，以符合校方的要求，并激发学生学习华文的兴趣。

怎么办呢？此刻昏昏沉沉的脑袋委实想不出半点新的点子来。她睡眼迷蒙地将刚完成的课外活动报告校阅了一遍，忽然灵机一动，呃！何不就地取材，教导学生也做份"报告"呢？近来学校正推行行政制度程序化，样样讲求规格和效率，教职员每月所须呈交的大小书面报告，少说也有几十份。熟能生巧，刘敏对各类报告的格式、方法、内容等，已了若指掌，写报告的技巧亦磨炼得十分纯熟。教学生写份简单的"报告"，即便不备课，也能胜任。

"同学们，'报告'属于"应用文"的范畴，今天让我们学写一份简单的'每月家庭开支报告'。首先……"上早课时刘敏兴致很高，讲解得很周详。"学写报告"并不属于小学四年级的课程范围，可算是项创新。

"老师，爸爸妈妈、公公婆婆、哥哥姐姐、弟弟妹妹的开支都要写进去吗？"有同学发问。

"能够详细列明最好，但不一定要准确，只要格式正确，写出开支项目和合理数额，就可以。"刘老师回答。

"不清楚可以问家人嘛！"小彬很认真，准备回家问个究竟。

"这份报告就当作一次课堂作业，下星期五交！"刘敏对班上学生说。

岂料，仅过了三天，校方就一连接获好几位家长的投诉，抗议四年级 A 班的华文老师，侵犯学生家长的隐私，企图调查学生家人的经济能力、购物情况！电话和书信投诉兼而有之。其中还有家长将投诉信寄至教育部，教育部正针对此事，展开调查……

风声不胫而走，很快地，"刘老师侵犯家长隐私权"的事件被报章刊登了出来，刘敏顿时成了新闻人物！在学校里，同事们用异样的眼光看她，暗地里窃窃私语；亲友们纷纷致电慰问，表示关心。周遭严峻的氛围仿佛是座无边无际的泰山，压得她喘不过气来，又无处躲避，只得默默地承受煎熬和委屈，等待校方的处置。

被传召时，刘敏是抱着"舍身就义"、"马死落地走"的心态，走进校长室的。家长投诉事件可大可小，轻者受口头警告，重者被暂令停职、调职、革职、检举、控上法院……

"刘老师，幸亏你及时终止学生做那份作业，风波总算平息。不过，你必须做个自我检讨，回去写报告。校方、教育部、家长，总共三份，要交代清楚……"校长板着脸，严肃地说。

"谢谢校长！"刘敏如释重负，心中窃喜：做报告，我最拿手，绝对难不倒我！

天才画家

这天下午，S城某著名的艺术中心内，一场庄严隆重的国际绘画比赛颁奖礼正在举行。

"现代画组别的冠军得主是……来自 V 国的唯旭光！"

掌声如雷。西装笔挺的唯旭光，从容不迫地走上讲台，脸上笑容显露了几许傲气。领了奖，他接过麦克风，向台下观众说："感谢 S 国再次赐予我这份最高荣耀，这远比我在国内所赢得的二十个奖项来得珍贵……"

语毕，台下的掌声更响亮了，尤其是与他一道前来观礼、坐在妈妈身边的七岁儿子小凡，把小手掌心都拍得通红了。爸爸真威风啊！小凡心想。可他小凡也不赖呀，每当爸爸画画时，他总爱有样学样，拿张画纸，利用爸爸的材料在一旁涂鸦，画得不亦乐乎。

唯旭光自认是 S 国土生土长的画家，但自三年前在 V 城获颁皇家艺术部的"天才画家"荣衔，个人声望亦如旭日东升，不到半年，已成了享誉国际的"顶尖级"艺术家。于是，画作水涨船高，在个人画展上，叫价从数千元上升至数万元。商家机构、富豪政要对他赏识有加，纷纷订购。仿佛拥有一幅唯大画家的作品，自己的身价与地位也随之增长了好几倍似的。

此刻，唯旭光的得奖佳作，悬挂在富丽堂皇的二楼展览厅内，显得十分突出、抢眼。只见画布上色彩斑斓的奇异图形，堆积成青一块、紫一块的，无数彩色线条纵横交错其间。当中的一块红色墨迹特别显眼，像溅溢出来的一摊鲜血，向四周扩散开去。图画下方是唯大画家的亲笔签名，画作题名为"大红花"。

在展览厅里，唯旭光搀着妻子和儿子小凡到处浏览。记者蜂拥而至，将他团团包围，争相采访、照相，冠军得主成了焦点人物，应接不暇。

忽然，小凡指向墙上的"大红花"画作惊叫起来："爸，你看！我打翻了的红墨水！"

众人顺着小凡所指方向望去，顷刻间现场鸦雀无声，大家面面相觑。接着是来自记者群中的一阵小小骚动……

唯旭光顿感错愕、难堪。慌乱中他迅速抱起小凡，拉着妻子，逃也似的离开会场……

记得那天小凡不小心在爸爸画作上打翻了红色墨汁，急得大哭，为了安慰他、哄哄他，爸爸佯称那血红的一片像朵鲜艳的大红花，开在万紫千红的花园里，正如他原先的一幅得意佳作。然后他照例慎重地在画纸下方签了名，标了个相同的名字，看到画纸上的七彩纷呈、听到爸爸的奖励，小凡即刻破涕为笑……

　　毕竟是童稚之言，不可尽信，大会坚持首奖佳作艺术境界高超深邃，"天才作家"实至名归。唯旭光捏了一把冷汗，好险！

　　阴差阳错，果真如此神奇！参赛事宜由妻子一手包办，这次她的乌龙实在摆得太大了！

微澜

夕阳的余晖，斜照在平静的湖面，再反射到美云的脸上，把苍白的圆脸蛋，映得红扑扑的，像个生气的关公。是的，美云是独自来到这湖边抒发心中的委屈的。此刻，周遭恬静的景物，使她烦乱的思绪平静了不少。回忆的帷幕缓缓地揭开，往事一幕又一幕地呈现在脑际……

四年前，唔，是四年半了。那时候，高中成绩刚放榜，她是全校最优越的毕业生。很快地，在 K 坡的入学申请就被批准，还获得了奖学金。这接二连三的喜讯，掩盖了即将远离家园的愁情。她，十八岁的田美云，像只燕子似的飞到远方的岛屿，开始四年的大学生涯。

第一年，大学的生活十分单调。上讲堂、上饭厅、泡图书馆。从宿舍到学校，又从学校回到宿舍，每天的生活死板得激不起一点火花。同学之间的谈笑，也因为彼此缺乏了解而显得很牵强，大家对书本讲义的兴趣比对交朋友浓得多。

美云上课只顾专心听课，抓要点、做记录，下课后的工作是做笔记、找参考书。讲师的形象，往往一下了课就感模糊。现在，脑子里竟连唯一较常接近的 X 先生的影子也溜走了。这都不打紧，要牢记的只是他们的一言一语，以应付足以摆布学生命运的大考小考。第一年的经济系课程十分艰难，美云更须加倍用功去保住那一份奖学金。

在一年级结束的野餐会上，她认识了王信生。

"哦，原来你也住在宿舍，为什么以前不曾见过？"第一次见面，他们就有了"相见恨晚"的感觉。

王信生，这个数学系二年级的高才生，有一副魁梧的身材。浓的眉、尖削的下巴；一双富有灵性的眼睛，深藏在一副厚厚的眼镜框里。当他深情地向她注视时，美云脸上一阵灼热，有即刻投入他怀里的冲动。她是完完全全地为他倾倒了！

青年人的恋情，像涨潮的海水，来得快、来得猛，不到一学期，他们已是大学里公开的一对。自此，生活与思维中，平添了许多缤纷的色彩。上讲课，只不过是大学生活中的一小部分罢了！

恋爱的日子，如诗如画般美妙。他们双双逛公园、看电影、跑百货公司……当然，也一块研究功课、找参考书、逛书店。除了上课与睡觉外，其余的时间几乎都在一起度过。最使她忘不了的是沙滩的相偎、黑夜里的热吻。那是在她大学的最后一年里，信生已在外就业的时期，他们已从"斯文"的初恋步入了跋扈的热恋阶段了！

"云，你一毕业，我们就结婚！"信生的细语中，总离不了这一句。

毕业这棍子，把沉醉着的人一下子打醒了！美云方觉察到摆在眼前的是一连串的问题：职业、婚姻、住所、居留权……啊！她想起自己是异国人，居留权随着学业的完毕而告终，宿舍也不能再住下去了。在这儿，她举目无亲，除了信生。

在信生的怂恿下，她搬去王家，在局促不堪的楼阁里，与信生的妹妹挤在一起。离巢的小鸟再也不复返了，因为它已在遥远的地方找到了知心的伴侣，异想着编织另一个属于自己的新巢，不管这是梦、是实。

家人已来信叫她回去，家乡有一个洋行的职位正等着她。如不满意，父亲还有意送她到更远的地方去深造。美云将信看了几遍，踌躇、矛盾兼痛苦，最后还是将信塞在书堆里，住了下来。

如果说宿舍是学生的温室，那她就是从温室掉进了冰窟，感到寒气逼人。信生有一个温暖的家，父母、兄弟姐妹，一家七口其乐融融。然而，冒昧地闯进他们生活圈子的她却只感到冷漠。兄弟姐妹对她的冷淡，是鄙视她居住在男友家，父母的冷漠，是不满她的失业，在家吃白饭。美云想离开这冰窟，但每次都经不住信生的挽留，忍了下来。她的唯一愿望是找一份工作，有了工作，她便可以在外自租房子，甚至结婚。她已答应了信生，在双方都有了固定工作后就组织小家庭。

一晃就是半年，半年的日子，在等待、焦虑、跑移民厅之中过去了。在经济不景气的闹市中，找一份适当的工作似乎难如登天，何况，她念的是经济系，与这科目有关的工作轮不到她这初出茅庐的异国人来做。在这种难堪的情况下，信生提出了先结婚再找工作的办法。理由是，结了婚，做了永久居民，找工作比较容易。

今天一下班回来，信生即向他母亲提了，没想到竟惹来一顿斥骂……

"你大学毕业不到一年就想结婚了？一定是给那女的迷了心窍，也没想想我和你阿爹好不容易才供你念完大学，指望你能负起这个家的重担，好让我们享几年清福，你……"

"妈，你说到哪儿去了？我与云结了婚，照旧可以拿钱回来补贴家用呀！"

"哼。补个屁！她一年半载都找不到工作，房租、水电、伙食，样样要钱，你那几百元的薪水，够吗？"

"妈……"

"别说了，信仁下个月要结婚倒是真的，人家女方家长把一层楼送给女儿做嫁妆，我们只需买家具……"

“弟弟怎么没说过？”

　　没等他们母子俩说完，美云已从房里跑了出来。她再也忍不住这迫人的空气，以及回荡在空气中尖刻的言语。她听到后面信生的脚步声，也顾不及抹去满脸的泪水，一口气跑到车站，跳上一辆巴士，把信生抛在黄昏的街道上。

　　小学、中学的日子已太遥远，无从捉摸，依稀记得的只是学校里的荣誉、父母的娇宠。大学四年的生活如同梦幻。呵，那是个多么美丽的梦！以至到了梦的初醒——毕业时，她尚认为自己是世界上最幸福、最幸运的人，多可笑啊！她的发愤图强、用功读书，为的是追求心目中伟大的理想。中学时，她就是这样踌躇满志，希望将来能出国留学，做个什么学家之类的。她留在这儿，是为了爱情。

　　唔，是什么时候，爱情已悄悄地取代了理想，成了她生活中最重要的一部分。故此，当理想与爱情起了冲突，她情愿把前者毁了，让爱情独占上风。然而，人家却不了解她的牺牲、她的真情。现实，更向她伸出无情的巨爪，使她无从躲避。想到职业，想到前途，她的心一片茫然，一张大学文凭，对于一个毫无工作经验的异国人，是多么的无济于事啊！

　　苦，她现在尝到了爱情带来的苦味了。

　　“美云……”有一只熟悉的手搭在肩上，她晓得那是信生的。

"我知道你会来这儿，云，原谅我，我妈她……"信生痛苦地说。

　　"别提了，信生。"美云红着眼说。

　　"不管怎样，我们先结了婚再说，省去跑移民厅的麻烦，也免得受家里的闲气。"信生说。

　　"我可没有一层楼做嫁妆呢！"美云负气地说，脸更红了。不是生气，是娇嗔。

　　一阵轻风吹来，湖面泛起一片微波，把倒映在湖里的两个影子撩得曲不成形。美云忽然想起了一部小说，低诵道："绿水本无愁，因风皱面。"

　　"青山原不老，为雪白头。"信生连忙说了下一句。

　　湖面上，荡漾着他们清脆的笑声。

节哀顺变

　　六月份的学校假期里，一年一度的中学篮球校际比赛正如火如荼地展开。全岛各地，在篮球方面具有潜能的中学，正摩拳擦掌，加紧练习，以期在比赛中脱颖而出，夺取冠军荣衔。

　　今年，PT中学篮球队由新来的体育老师罗天佑领队。新官上任三把火，在罗老师的密集训练下，PT中学篮球队果然进步神速，不仅三年来第一次免遭淘汰，顺利通过了初赛后，还越战越勇，奇迹般地赢得了复赛，杀进了半决赛圈。

　　"都是罗老师的功劳啊！"队里的球员异口同声地说。

　　"罗老师为我们花了很多时间精神，他训练有素……"

　　球队同学由衷的钦佩与赞美，令天佑倍感欣慰。的确，为了比赛，他早在学期开始时已增加了额外的训练，都是安排在课外的时间。赛期迫近时，训练更是紧锣密鼓，甚至牺牲了整个六月假期的时间，违背了答应陪老婆孩子出国旅游的承诺。一星期四次，一次四小时，风雨不改。除户外训练外，他还给队员们上了理论课，增强同学对篮球基础理论的认识，以更有效地传授球艺，提高球员传球与投篮的准确度。两个月下来，辛苦劳累，罗老师已明显地瘦了一圈，肤色也变得愈加黝黑。

这天傍晚，训练完毕，在回家的路上，天佑遇到了去年的领队同事金老师。

"老罗，假期没去旅行吗？"金老师调侃地问。

"校队难得进入半决赛，我得加把劲，希望能为学校争光！"罗天佑面露喜色，充满信心。

"太辛苦你了，嘿嘿！去年他们老早就被踢出局，所以我的假期计划一点也不受影响……"金老师似笑非笑，眼底似乎蕴藏着几分神秘感。

"哦！太可惜了！"罗老师回答直率，为去年校队的落败而惋惜。

在半决赛的战役中，PT 中学篮球队这只黑马又击败了对手，进入了大决赛，准备与去年的冠军 LY 中学争夺冠军宝座！

这消息十分轰动，校长对罗教练激赏有加，在周会上慎重给予表扬，全体师生雀跃万分！罗老师最感振奋，半年来所付出的心血，总算没有白费！现在距离大决赛还有半个多月，接下来的比赛更具挑战性，必须全力以赴，丝毫不可放松。看来，还必须增加训练的次数、时间，以作最后的冲刺……

此刻，他真希望将心中的喜悦与满足感与人分享，尤其是体育部的三位同事。校队取得了有史以来的辉煌战绩，真是可喜可贺！

回到办公室，罗老师发现电子邮箱里多了三封新邮件，正是体育部三位同事寄过来的。准是在第一时间专诚为他祝贺、给他加油打气吧？天佑心想，遂满心期待地开启"来邮箱"……

第一封电邮里写着："继续受苦！"

第二封电邮："自作自受！"

第三封电邮："节哀顺变！"

应急

　　大清早，阳光灿烂。我和往常一般，上菜市场，然后提着大包小包回来。两行私人排屋之间的街道，行人稀少，有些冷清。

　　甫抵家门口，瞥见一名约莫四十来岁的陌生妇女，神色焦急地沿路东张西望。从我身旁掠过时，斜着眼对我周身上下打量一番，欲言又止，仿佛满腹心事的样子。可是，走了不远，又迅速折返，这样来来回回踱步了两三遍，令我不禁对她产生了好奇。

　　"嗨，这位阿嫂，你在找东西吗？"待她走近，我趁机问她。

　　"是啊！我刚搬来这儿，就住在那排屋子角落头的最后一幢，方才上菜市场回来，发觉丢了钱包和钥匙，我沿路寻找，就是找不着……"妇女满脸忧愁，眼里似乎泛着闪闪泪光。

一股同情之心油然而生。我猛想起数年前自己也曾有过如此狼狈的遭遇,当年住的是政府组屋,一次,夜晚从超市回来,抵达家门惊觉钱包和大门钥匙已不翼而飞,而两个年幼的孩子还留在家中,外子又出国公干,当时要不是好心的邻居前来搭救,后果真是不堪设想……

"怎么那么不小心?回不了家,该如何是好?你没带手机吗?我借你用!"我关心地慰问,并将手机递了过去。

"没用的,我先生在毛广岛做工,回不来。最糟的是他母亲中风进了医院,今早轮到我去照顾她,已经耽误了很多时间……"妇女又急又难过,流下了一滴眼泪。

"大婶,您能不能先借给我二十元应急,好让我搭德士^①赶去医院?晚上等我先生回来了再还给您?"妇女恳求的目光,令我无法拒绝。助人乃为快乐之本,邻居应该守望相助,况且她真的遇上了麻烦,我欣然答应了她的请求。

晚饭后去散步时,特意绕过妇女所指的住屋,只见门庭深锁,想必全家人都习惯夜归。门前空地上杂草丛生,有几许荒凉之感。

过后,再也不曾遇见该妇女,我也没特地上门追讨那借给她应急的二十大元,后来居然将此事给淡忘了!

---

① "德士":即的士,出租车。

直到有一天，依旧是一路阳光的清晨，远处有个似曾相识的身影，正在与邻居方太交谈。定神一看，正是她！因此疾步向前，意图和她搭讪，顺便要回那原先帮她垫出的德士车费。

　　岂料，没等我走近，那妇女已匆匆离去。

　　"方太，那阿嫂你认识吗？"我问。

　　"哦！不认识，不过她说是新搬来的，丢了钥匙和钱包，要向我借二十元……"方太颇感疑惑。

　　"你……借了……"我紧张地问，终于明白了一切。

　　"没……是她匆忙地走了！"方太有些羞愧。

　　幸亏！我想。

祖屋

　　"噼里啪啦……噼里啪啦……"未抵达石坡村，宇雄就听到了村子里传来的阵阵爆竹声，爆竹，是为他而燃放的。

　　"只是顺道下乡看看罢了，何必大惊小怪，把我当贵宾？这里的乡下人都是这样的吗？"宇雄眉宇间显露出几许不屑与自满。要不是父亲生前一再嘱咐，他，堂堂的S国大学教授，怎会在这崎岖不平的黄土路上颠簸一个多小时，来到这荒山野岭的贫瘠村庄？

　　"老兄，您是趁旅游来探亲吧？侨胞回乡，在我们村子，是喜事，该庆贺庆贺！"驾车师傅一脸憨厚，亲切地搭腔。

　　计程车终于抵达目的地。

　　映入眼帘的是一间破败不堪的小平房，隐埋在丛林深处。屋子外墙的油漆早已脱落，露出肮脏又粗糙的石灰黏土，屋瓦坠落了一大片，缺口像个张着的大嘴巴，无语问苍天。这宛如电影道具般的破屋，难道即是父亲生前魂萦梦系的"家乡祖屋"吗？它几乎已成了残垣断瓦了，唉！宇雄心头一凛，竟有几分内疚。将近二十年了，倘若此趟不是受邀参加了"宗亲教授回乡考察团"，他还未必会特地下乡探亲呢！

"阿姐……"平生第一次与大姐会面，宇雄心里不免有些激动，尽管从小他对这位素未谋面、同父异母的"唐山大姐"没有多少印象。

"阿弟……你回来就好……这屋子快坍塌了，阿爸说要回来修，可他去世得早……"年近七十的大姐幽幽地说。地道的家乡口音，自父亲去世后，已难得听见，宇雄此刻听来格外亲切。

"二房一厅的屋子，室内两侧墙壁早已腐蚀，黑黝黝，看来已不能维修，拆下重建得花多少钱？"宇雄暗忖。

昏暗的厅堂里，墙上挂满了泛黄的相片，宇雄好奇地仔细观看，竟一个也不认识。最末端的一张，镶在金黄色相框里，很显眼，宇雄凑前一看，一对熟悉的眼神正向着他微笑，仿佛对他说："雄儿，你回来了吗？"宇雄倏然发觉那是老爸的遗照！他倒抽了一口冷气，一个踉跄，倒退了好几步。

"这照片……是谁寄来的？"宇雄怯怯地问。父亲谢世十多年以来，他与唐山亲人，并无鱼雁往来。

"阿爸生前托付隔壁村的东伯送来的，好让我在他归天后供奉在大厅上，这里都是我们的历代祖先……"大姐指着墙上的照片，一一给他介绍。

"你是王家的第八代男孙，按家谱'宇'字辈取名，我们家族的家谱是一首诗！"大姐不识字，念起家谱来却头头是道。

"哦，是吗？"宇雄沉吟着。

可惜"家谱取名"至第九代就接不下去了，美籍太太为两个儿子取了洋名。不知怎的，宇雄顿觉若有所失，有些惆怅，像不小心掉了个宝，再也找不回来了！

父亲在世时频频提起家乡事，兼插着他离乡背井的奋斗史：年少独自下南洋，当苦力，赚了钱寄回家，娶亲、盖房子、买田地、买水牛……然而，一场惊天动地的时势风暴，使他几乎丧失所有的一切，只剩下饱经沧桑的女儿，蛰居在破烂不堪的祖屋里。

宇雄从小听惯了老爸的叮咛："雄儿，将来你赚了钱，替我把乡下的祖屋修一修……"修建祖屋是父亲一生最大的愿望，心愿未了，他即撒手尘寰了。

重修"祖屋"的事再也无人提及，宇雄偶尔想起，也不曾付诸行动，花钱的事，能拖就拖，就先搁着吧！

怎知一搁就搁了十多年。

临行前，妻对他说："唐山祖屋离我们太遥远了，简直

132

与我们扯不上关系，何必白白花钱去修建它呢？倒不如在我们洋房后花园建个小型游泳池……"妻的话不无道理，孩子更是乐不可支。

归途上，道路两旁树木挺拔、田里的水稻欠着腰，迎面而来，又徐徐后退，好似专诚向他敬礼、依依惜别。车子在泥泞路上踽踽前进，不停地摇晃，车内的宇雄，亦思潮起伏……

思绪中破旧的祖屋变成了一栋富丽堂皇的楼宇，数百幅列祖列宗的相片，悬挂在偌大的厅堂上，在众多相片当中，他仿佛瞥见了自己……

"喂！喂！是 Betty 吗？听着啊，游泳池暂时别建了……"

宇雄不由自主地提起手机，给妻子挂了个越洋电话。

坐吃山空

　　辽阔的亚热带森林是万兽之王——狮子的百宝山，在这里栖居的大小野兽不计其数，都是狮王所觊觎的猎物。

　　可是，不知怎的，近来山里的动物总是无精打采，走起路来有气无力，觅食不带半点冲劲，因此只只营养不良，瘦得只剩皮包骨。再这样下去，看来狮子只有啃骨头的分儿了！

　　为了探个究竟，狮子决定独自到山前山后去巡视一番！只见山中空濛一片，大地萧条阴晦得很，野兽都不见了踪影。走着走着，忽然瞥见山洞内有个蚂蚁巢，工蚁正忙碌地搬运粮食，把米粒、花粉、死蟑螂……都往洞里拖，小小的蚂蚁巢里，粮食堆积如山，蚁王和蚁后正围绕着这"小山丘"翩翩起舞呢！

　　狮子心生一计，立刻招集所有野兽来开个万兽大会。

　　"……亲爱的文武百兽，看到你们只只面黄肌瘦，我好痛心啊！你们看蚂蚁，蚂蚁即便家里粮食囤积如山还是努力工作，从不偷懒，从不坐吃山空！我们应该向蚂蚁学习！"

众兽热烈鼓掌，蚂蚁成了山中的劳动模范，受到赞扬！到场的蚂蚁们都觉得很不好意思，有点受宠若惊。

"……大家千万别坐吃山空啊！希望从今后大家努力寻找食物，强身健体，未雨绸缪……"狮子继续苦口婆心。

众兽受了感召，都勉强振作起来，打起精神到处觅食去了。

数月后，狮子又可尝到美味的山猪、鹿肉、肥羊……

蚂蚁还是任劳任怨，日夜不停地辛勤工作，每年的众兽"勤工奖"非它们莫属。狮子虽然对渺小得可怜的蚂蚁不屑一顾，却时常引它为鉴，告诫其他野兽：大家务必学习蚂蚁刻苦耐劳的精神，可千万别坐吃山空啊！

2056

　　年度"东方商贸展销会"在龙之国举行，全球商人趋之若鹜。

　　来自睡狮国的彼得张在偌大的展销会场绕了一圈，又垂头丧气地回到原点，口操英语大声地向同伴嘟囔道："见鬼！全是方块字，早知道就不来了！"

　　站在身旁的一位白皮肤蓝眼睛绅士瞄了他一眼，"关心"地问他道："先生，您看不懂汉字吗？这是本世纪最 in^①的语文！"

　　哗！说的竟然是流利的华语，彼得张有些羞愧，却装作若无其事的样子，遂用英语和他搭讪起来。

　　于是，好心的洋绅士自告奋勇给他当翻译做向导。每到

---

　　① in：流行。

一处，难懂的方块字顿时变成了熟悉的英语，从绅士口中流出。彼得张如获甘露，洗耳恭听。展销会上五花八门、商机处处，他暗自庆幸，差点儿就"入宝山而空手还"了！

睡狮国的商家们坚持交易合同必须以英文书写，对方也就照办，顷刻间即将有关文件统统翻译成英文。签署合同时，一位职员抱歉地说："对不起，去年到访的贵国团队，个个精通华文，我以为……"

你以为所有睡狮国的黄种人都认识方块字吗？想得美！彼得张记起来了，那是由几个"双语精英"组成的"官方代表团"；如此精英在国内一年才生产两百个！专门派来为两国的双边贸易铺路……彼得张尴尬地笑了笑，抿着嘴不发一语，唯恐一开口，"俺不是精英"的真相就要马上穿帮，他可是睡狮国堂堂的"西方商联会"会长！

回国后，彼得张还是耿耿于怀，对自己不谙方块字，在异国受尽奚落、显得窝囊而懊恼万分！

从小学开始他就学听、学说华语，中学还修读了"华语会话强化课程"。然而从小到大，学校里只考华文的听和说，不考读和写。考试轻易地年年过关，方块字却没认得几个。离校后根本没有机会接触华文，那是曾祖辈使用的古董语言，爸妈也已摒弃它了！华文对彼得张来说，仿佛是个被遗忘多年的远房亲戚，突然登门造访亦难掩彼此的羞涩、陌生、疏离。

半个多世纪以来，社会上英文当道，华文仅是"精英"们才必须费心思去学习的深奥学问。除"张"字外，其余几个汉字成了彼得生活中可有可无的点缀，有时无意间认出来，有几分惊喜，像看见了什么新奇事儿一般。唉！怎么一踏出国门，全都变了样？不谙华文，简直显得笨拙不堪，令他样样吃亏，屈居劣势！

　　噢！不行，绝对不能落人之后！听说在牛仔国、北熊国，国人从八岁至八十岁皆通晓汉语，同全球经贸的"龙头老大"经商如鱼得水，财源广进。张家还有子子孙孙、世世代代的祖传企业……

　　不久，英文报章上居然出现一则举国瞩目的大标题："……国内商界重振华文，将于今年（2056）斥资筹办第一所'独立华文小学'，6年内拟建'独立华文中学'，12年后设立'独立华文大学'。千秋大业筹备工作，即日展开……"

　　"哼！Copy Cat①！"来自骏马国的丁小春读了，嗤之以鼻，随着得意地笑了！

---

① Copy Cat：抄袭。

茗作家

老作家茗风从颁奖贵宾手中接过奖杯，台下掌声如雷。

有谁不认识茗风这鼎鼎大名的作家呢？他是享誉海内外的文艺界前辈，是多个文艺团体的领导。每次的颁奖礼上，他总是以颁奖者的身份出现在台上，唯有这次是例外，像电影中出现了身份对调的角色一般，令人有新鲜、惊异之感。

"十年河东转河西"，更何况茗风在文坛上驰骋、浮沉了何止十年？流年似水，一代青年作家如今已变成了白发苍苍一老翁了！漫长的四十年啊！至今才凭这篇游记散文《梦回南洋》，获得最高文学机构的肯定，被颁予"年度杰出散文家"的荣衔。得奖佳作技巧高超，生动感人，实至名归，展示了老作家出人意表的真本领。

想当初刚出道时，华文文坛犹如一盘散沙，创立全国文学会之初，他马不停蹄地奔走四方，遂将本地的一班文人凝聚在一起，不仅在本地频频举办座谈会、导读会、文人雅聚等文艺活动，还不时组团率队到国外参加研讨会、交流考察，与各国文学界建立起联系……

可是，近年来似乎越来越少有作家邀请他为文集作序、写跋，因此那自诩为"建安风骨"的慷慨激昂笔调，已鲜有施展功力的机会，大有"英雄无用武之地"之感，茗风为自己江河日下的声望暗暗着急……

捧着这迟来的奖杯，他双手微抖，激动、感慨、欣慰，这梦寐以求的荣耀，得来不易啊！茗风为了它付出了多少代价？

"茗先生，恭喜你！打算将大作编入哪本文集，只管吩咐！"编委成员之一蓝奇客气地问他。在文艺界，茗风以编书出名，已编纂文集超过三十本。

"就放在最新《国际散文选》吧！由你全权处理。"茗风不经意地说，年仅二十六岁的蓝奇是他的得力助手。

不久，《梦回南洋》又得到了"国际散文协会"的肯定，获颁"最佳国际散文奖"。这真是个出乎意料的收获！茗风眉开眼笑，像只难得开屏的孔雀，按捺不住心中的喜悦。

《国际散文选》在国内外卖了个满堂红，真是三喜临门，名利兼收。

出国领奖前夕，蓝奇悄悄地前去拜访他。

"茗老，那笔酬劳……"

"咦，不是老早就给你了吗？"

"那是本地奖的，还有外国的！……"

烧笆

一片辽阔无边的山野，与世无争。

某日，森林之王狮子闲来无事，偕众随从到处游走巡视。偌大的山林中，树木种类繁多、参差不齐。原野上杂草、花木、藤蔓横生、千奇百怪、姹紫嫣红。只见野兔、梅花鹿在一小片绿坪上，诚惶诚恐地吃着草；松鼠、猴子在树上寻寻觅觅，找果实充饥；长颈鹿占尽了优势，慢条斯理一口一口地咀嚼树梢上的嫩芽……

山大王所到之处，野兽躲的躲、藏的藏，敏捷的身子在斑驳丛林的掩饰下，如闪电一般，刹那间消失得无影无踪。

一整天了，狮子和随从们沾不到半点好处，愈加觉得饥肠辘辘。

"这山林实在太落伍了，简直是杂乱无章，再这么下去，吾族存亡堪虑矣！"狮子大王摇头叹息，忧心忡忡。

于是，大王回府后立即召集众狮，共商破解危机大计。

最终决议引进遨游四方之秃鹰队，自空中投下火苗，烧笆！让广阔山林变成光秃秃的肥沃土地，再重新……

"星星之火，足以燎原"，大火延续不断，足足燃烧了三个多月，青葱林木皆被烧成了焦炭，烟雾弥漫，空气污染指数一度上升至1000PSI^①，林中万兽遭受空前浩劫，无一幸免。大伙儿犹如被搅乱了巢穴的蚂蚁一般，四处窜逃，另觅安身之所。众兽怨声载道，群起抗议："大王毁了森林，教兽族及后代子孙如何存活？"

狮子赶紧澄清道："众兽勿慌，如今森林萎缩，兽不聊生，朕自有良策，烧笆乃为另辟更美好生态环境，为汝等带来福祉，理当感恩……"

笆烧完了，狮子又聘请秃鹰队凌空洒下种子，不久整片山野即变成了绿油油的大草原。无数牛、羊闻风而至，成群结队前来栖身，安家落户。

"大王英明！大王恩典！万岁！"众牛羊感激流涕，对这五百年来绝无仅有的智慧大王，佩服得五体投地。

狮子满意地笑了，望着那群温顺的牛羊，垂涎欲滴。

春去秋来，当草地荒芜，牛、羊只所剩无几之日，狮子大王又要烧笆了……

————————————

① PSI：新加坡空气污染指数。

142

弄假成真

长相奇丑的现代东施终于得到爱神的眷顾，谈恋爱了！连东施自己也不敢相信。

男朋友是在她充当导游时结识的，虽然没有潘安之貌，总算五官端正，身材魁梧，因此东施愈发觉得对爱情缺乏自信，终日患得患失，疑神疑鬼。

一日，东施从报章上看到一则私家侦探社"考验爱情"的商业广告，悄悄地上门找"军师"。

"没问题，包在我身上！"年轻貌美的女职员马上接下这宗生意。

侦探社派了一位样貌比东施俏丽三分的女郎去执行任务，色诱东施男友。

数招用尽，东施男友还是不为所动，三千大元就这样白白地送到侦探社老板手中了！

东施心有不甘，对男友的爱情还是十分怀疑。

"再试探一次吧！这次派个漂亮点的去……看他的定力如何？"为此东施得多交付五千大元。

　　这次，才貌双全的女职员亲自上阵，从"不小心"在东施男友面前掉文件夹到看电影、逛公园、上咖啡座……一切都设计得天衣无缝。

　　两个月过去了，还没接到侦探社的消息，没有消息就是好消息呀！东施对男友越来越有信心，也就更加死心塌地地爱他了！

　　岂料，有一天晚上，东施突然接到男友的电话："东施，我们分手吧！"

　　东施顿感晴天霹雳，马上赶到侦探社去查明真相。

　　"嘿……侦查结果，你的男友真的对你用情不专……"侦探社老板说。

　　"那位女职员呢？我要亲自问个究竟！"东施焦急地说。

　　"她辞职了……"老板说。

买楼记

    辛贵天还未亮即赶到目的地，示范公寓单位外面已经出现了一条不长不短的人龙！

    "毗海而建的高档公寓，永久地契，价廉'屋'美，首五十名买家优惠折扣，所有参观者可得神秘礼包……"房地产发展商在报章上大肆宣传。辛贵读了广告，也就提早赶来了，这可是个难得的机会啊！怎能错过？

    站在龙尾，辛贵方觉察到排在前头的数十位"准买家"，有坐在凳子、草席上的，有摊开报纸、帆布就地而卧的，还有的带了水瓶、面包，似乎全是有备而来。脸上的倦容和频频的哈欠声，好似刻意向人宣布：嘿，老子已在此熬了一个通宵！

    "唉！怕输的新加坡人！"辛贵心里嘀咕着。金融风暴刚过，国人的购买力却仿佛丝毫不受影响。说真的，有了钱谁不想拥有一栋梦幻般的私人公寓？现代化的家居设备、遥控式的门户开关、清澈见底的游泳池，庭园四周青葱翠绿……一切都太完美了！辛贵不禁飘飘然起来。

十点整，示范公寓大门一开，大伙儿像决堤的洪水般涌了进去。

登记、签名、拿手册、领礼包之后，辛贵在一千五百多平方米的示范单位内兜了几圈。墙壁上柔美的壁纸、地面上名贵的大理石、精致浴室、厨房……设计装潢似乎没啥新花样，与前几个公寓项目差不多，辛贵觉得有些无聊。

正想离去，一名记者模样的小姐拦住他问长问短：

"先生，您是连夜排队来买楼的吗？"

"您看中了哪个单位？价格多少？"

"……"

记者最麻烦，总是像苍蝇般缠着人不放，又是问话、又是拍照的，侵犯私人空间，然后在报章上大事报道。碰到这些人，还是避之为妙。

"对不起啊！无可奉告，我赶时间。"辛贵欠身敷衍着。

赶到总部已将近午后一时，辛贵发觉经理室外，有数十人在等候，个个似乎似曾相识，辛贵也懒得去理会。早餐还没吃呢！亦感饥肠辘辘。

"辛贵，今早你拒绝受访，本公司只能付给你一半的酬劳……"一进门经理就对他说。

"经理，我有苦衷，请原谅……"辛贵报以恳求的目光。

无奈何，接过一张十元钞票，辛贵赶紧去抚平正在"闹革命"的肚子，随即买了一份报纸，坐在树荫下慢慢浏览起来。

"升日湾公寓，不日出售……"

嘿嘿！机会又来了！

善翁

    电视台的摄影棚内，现场慈善义演已接近尾声，来到了最紧张刺激的体能项目。

    "各位观众，最后的压轴节目是'走钢线'，表演者：海外艺人周小岚！"

    "请大家拿起电话……"

    "您的每一分善款都将用来帮助残疾人……"

    司仪煽情的呼吁，海内外艺人精湛的表演，热线电话响个不停，捐款数字奇迹般地迅速上升，已远远超出预定目标，快突破五百万大关了！

    五百万善款扣除电视节目制作费还剩三百万，接下来积德善堂还愁缺少经费不成？一切的扩建大计，皆可顺利展开。台下的善堂掌门人——邱煜大律师心里盘算着，目光却在小岚敏捷的肢体上上下游走，又频频望向不停跳跃的数字光屏，老花眼眯成了一条线。极度的兴奋和喜悦，令他神情飘忽……

S城鼎鼎大名的慈善家，这荣誉得来不易啊！二十多年了，积德善堂从开始收留三五个智障孤儿，到今天助养两百多名贫困残疾人士，业务管理得当，规模由小变大，肥水不外流，用的都是"自己人"。今年善堂还获得有关当局的认可，列入了国家级重点慈善机构类别。于是掌门人犹如鲤鱼跃龙门，身份地位倏地提升了好几倍，受到各阶层人士的普遍崇敬。

小岚这小妮子年方三十，才貌双全，听说刚刚从B国某体操院校毕业出来，因不肯屈就于国内菲薄的薪金待遇，特意来到此地谋求出路。初次与她邂逅，是在H会馆晚宴上，台上她那有如银蛇般的身段，令他看得目瞪口呆，惊为天人！

漂亮性感的女人邱煜见识多了，唯独周小岚给予他迥然不同的感觉。与她在一起时，自己仿佛一下子年轻了好几十岁，恢复了青春朝气，浑身充满活力。莫非这是上天赐予他的另一份礼物？……在两任妻子相继与他离异之后的黄昏岁月……

"邱总，拜托您找的工作，怎么样了嘛？"回返住所的豪华轿车内，气温很低。小岚依偎在身旁，嗲声嗲气，像只爱撒娇的小猫。

"别急，我正打算兴建一所残疾人士艺术学院，由你来当院长，永久居留准没问题……"

迁

　　"恭喜您！三十年前探访过您的 B 国女皇，将再次旧地重游，并到府上拜访……"接获通知之后，他那死水般的心湖，泛起了阵阵涟漪。

　　三十年过去了！三十年的岁月，了无痕迹。三十年的人生，像本读得熟透的平庸小说，不想再次去翻阅。女皇的突兀重访，顿使三十年的酸甜苦辣，刹那间溢满心头……

　　泛黄相片中的年轻女皇和公主，笑容灿烂，和蔼可亲，与他谈笑风生，丝毫不介意他满口生涩的英语。相片中还有他挚爱的双亲、兄姐和弟妹。宽敞的组屋天台上，花儿烂漫……啊！曾几何时，那充满温馨的家园，早已成了午夜梦回才出现的幻象！

　　曾经是优秀的高才生，念高中时还得过全校文学创作比赛奖，可是后来文学却如同粪土……想到这，他不禁唏嘘！

　　即使上了大学，还是沉浸在五千年古老语言文化的学海里，自得其乐。古朴的校园，"山山皆秀色，树树尽相思"，在叶影婆娑的相思树下，他邂逅了她——陪伴他劳碌了一辈子、已病逝多年的妻。对她歉疚最深，在她的有生之年，无法让她过些充裕清闲的日子。

母校好似是在第二年关闭的，砸碎了多少赤子的神圣精神家园！宛如离巢的小鸟找不到回去的窝，那份失落、无助的感觉，至今犹存。尽管后来大学又开办了，但一切已经变了样。

那是个迅速蜕变的年代，母族语文陷入了空前的窘境，风雨飘摇，犹如他的就业前景，黯淡无光……

洋行职位不久就不保，让位给来自英文源流的毕业生。那段失业的日子是如何熬过去的？迄今记忆已模糊，然而面试时所说的笨拙英语，所面临的尴尬场面、轻蔑眼光，却这般清晰地烙印脑际，毕生难忘！

"不会 ABC，去做粗工吧！"

"谁教你进华校，活该没有前途！"

英文当道，华文何以争锋？职场如战场，他屡战屡败，却又屡败屡战。饭碗岌岌可危，几经辗转、折腾，双亲遗留下来的五房式组屋于是换成了四房式。

往后的日子里，现实无情地往他身上贴标签。唔！"华校生"的自卑感，想必是那时候萌生的，像一经播下的种子，无声无息地滋长、根深蒂固……而一份被践踏、被损伤的自尊，从此陪伴了他一生！

后来他暂时到友人的杂货店帮忙，工作忙碌、艰辛。这"暂时"的送货员工作居然成了终身的职业——一份无须英语也能胜任的工作，年复一年。

再后来……经济萧条、市场转型，他又失业了，年近五十。从此只能靠"打游击"养家糊口。当年，老大中学还未毕业呢！

又得搬家了，四房式组屋变卖了套现，换成了三房式。

如今已是人是"屋"非，眼前的一切，已不复当年。女皇"旧地重游"的愿望，恐怕要落空了！

岂料，一个星期后，他再次接获通知，信上写着："阁下若有意提升住屋，购买四房式组屋将给予三成折扣、五房式四成，有现成单位，装备完善，您可即刻搬迁入住……"

裸退

备受崇敬的商界"钢娘子"即日起卸下了数十年的总裁职位，潇洒退休去了！在告别会上，她誓言从此"裸退"，从此只管家务事，不理商场任何大小事。"裸退"一词语惊四座，一时之间传遍大江南北，成了世纪流行词汇！

S城某过气女明星钟淇，一生星光惨淡，年近五十，在演艺事业上还是毫无建树，因此终日自怨自艾，想退出影坛，可又幻想着息影前能轰轰烈烈干一场，以名留史册。

"裸退，裸退……"这天，她赋闲在家踱方步，口中念念有词，突然灵感来潮……

不久，娱乐界即出现了这耐人寻味的宣传噱头："资深艺人钟淇即将'裸退'，告别作演出大胆，为艺术牺牲……"。

影片如期上映，"裸退"二字以特大标题出现在所有媒体广告和海报上，异常醒目，确实达到了宣传的效果。

怎料，影片上映一个星期以来，各大电影院购票进场的观众寥寥无几，竟达不到预期票房的三分之一，最终惨淡落幕。

"我是白裸了！……"钟淇向姐妹们哭诉委屈。

"馊主意！都几岁了，还露肉给谁看？"三姑表以同情。

"唉！平白无故断送了星途，且晚节不保……"六婆惋惜地说。

"我还以为可以惨烈裸退……名利双收，怎知……"可怜钟淇欲哭无泪，没法子，只好戚戚然回乡下老家，种田养老去了！

话当年

黄昏。

公园一隅的凉亭里，几位花甲老汉在闲聊。

"你离开公司有十年了吧，真快！"老陈再次引导诸位走进时光的隧道。

"唔，好像是在你离开后的第二年……"老黄搭腔，陷入了回忆。

老陈："我离职时薪水还不到两千元……唉！干了二十多年的会计助理啊，真没用！"

老黄："你还好，公司给了你五千元做赔偿，我却分文未得……"

老陈："谁叫你这大经理要自动辞职，太傻了！该学我，等人裁……"

老黄："压力大啊！那年搬厂，新的办公楼里没有我的桌位……"

老张："岂有此理，分明是教你难堪，逼你自动辞职，那时你才五十岁左右吧？"

老刘："那又如何？我当电工，45岁被裁，也没赔偿……"

老黄："你得罪了老板娘，她告了你一状……"

老刘："太冤枉了！那年春节前夕，我带领几个外劳到老板的洋房大扫除，Muthu 打破了一个古董花瓶……竟然怪我这督工失职……"

"那只是找借口罢了，当年还有两百多名车房老员工集体被裁退，也只得一个月薪水，当作辞退通知的补偿，说是经济不景气、市场转型……"老马忿忿不平。

老黄："人过了四十就不吃香了，老板把你当瘟神！他要的是'新血'，要不，就聘用外劳。"

老马："所以后来我一直找不到工作，只好去加油站添油……"

"哈！石化工厂督工当添油员，恰恰好，老本行！"老张调侃道。

老马："总比有些人去做清道夫、洗碗碟、洗厕所好，同样赚取五六百元……"边说边瞄了诸同伴一眼，语带讽刺。

老张："唉！认了吧！别老提过去的风光史了，想想将来该如何提升自己，活到老，学到老、做到老……"

老马："对啦！做到老——做到七十岁、八十岁，看来我得去打听打听，可有'添油员'的提升课程？"

156

老陈："也顺便问问有没有提升'清道夫'、'洗碗碟'和'洗厕所'之类的课程，好让我们也加点薪水……"

老秦："但愿如此！听说明年要加消费税……"

大伙儿忽然静默了下来。凉亭外，蝉声凄切，夕阳，早已落山了。

轮 回

　　白薇与准夫婿参观了示范公寓后，到附近的快餐店解决了午餐，回到家已将近午后二时。

　　"你是太后娘娘，吃顿饭还要人家三请四请？"

　　刚踏进家门，就听到妈妈在唠叨，语中带刺，冷若冰霜。

　　"哼！叫我住后院，吃饭也不通知我一声，又赶紧把饭菜全收了，分明是……"婆婆口操潮州方言，忿忿地说。

　　"分明是你自己的错，饭菜煮好摆在桌上你不吃，偏要耍大牌……"妈妈抢过话头，咄咄逼人，架式几可比拟辩论会场上的"最佳辩论员"。

　　"你把后门关上，我怎么进来？！"婆婆也不甘示弱，可是颤抖的语气显得苍白无力。

　　婆媳之间的唇枪舌剑，自半年前公公去世、婆婆搬过来同住后，在家里已是司空见惯、屡见不鲜，白薇早已习以为

158

常了。即便如"吃饭"这等小事，居然也成了引发纠纷的"导火线"。

老爸表面上不动声色，保持中立，实际上却患了严重的"气管炎"（妻管严也），从来就不敢违背老婆大人的意旨。白薇从小与婆婆没有共通的语言，对她亦感陌生、隔阂。在"烽火弥漫"中，白薇观言阅色之余，也衡量了本身的利害关系，不论谁对谁错，总是视而不见、充耳不闻。

年逾七旬的婆婆，只好孤军作战，因此往往无可幸免地沦为战败的一方！

大弟即将从国外留学回来了，为了安排卧室的事，近日来家中"烽火"更是连绵不断，冷热夹攻。妈妈坚持卧室必须让给儿子住，婆婆只好委屈地退居洋房后院的用人房。

"让她住后院正好，省得成日听她唠叨！"妈妈悄悄地对家人说，白薇也颇有同感。

此刻，客厅里又隐约传来婆媳俩的老调重弹：

"大弟回来了，房间当然得让给他住！"为了宝贝儿子住得舒服，妈妈一点也不肯妥协。

"叫孩子住书房不行吗？偏要我搬去后院……"

"看我老，不中用了，当废物……"

"你们这些不肖子！想当年……"婆婆愈扯愈远，愈说愈激动，几乎声泪俱下，沙哑的声音在空中盘旋回荡。

唉！白薇觉得很无奈。人老了，难道就理所当然地变得啰唆起来？愈发不可理喻又难以伺候，像屋檐下挥之不去的老鸦，终日喋喋不休地惹人厌！

将来爸妈年老的时候又如何呢？冥想中，妈妈布满皱纹的脸、佝偻的身躯与婆婆的老弱形象交织重叠，在公寓的大厅里踱着蹒跚的脚步……口中喃喃自语……

"铃……"一阵手机声响将她拉回了现实。

"亲爱的，今早参观过的公寓单位，要不要先下定金？"是准夫婿的来电。

白薇迟疑了一下，随即对他说："再看看别的项目吧！那个单位好是好，可惜后院缺少了一间用人房……"

最后一夜

入晚，华灯初上。

今夜她来得特别早，小巷里空荡荡的，异常冷清。

她选了个灯火阑珊处，站在远离灯柱的昏暗角落。半年
了，风雨不改，双腿依然颤巍巍，但比起初次站岗时全身哆
嗦，进步了许多。在逆境中她已学会了忍受，坚信苦难日子
总是会过去，就像鬼影憧憧的漫长黑夜，终归有尽头，迎来
的是令她热切期盼的黎明。

"明天就回去，给你订了十点的机票！"经纪人阿达不
知何时走到她身旁，鬼祟地说。

她视而不见，听而不闻，面无表情。签证即将到期，回
去是迟早的事。这见钱眼开的家伙，虽神通广大，却也不敢
冒险留下她。半年来的三七分账，已让他毫不费力地夺走了
她半数以上的酬劳，将他自己喂得脑满肠肥，惹人生厌。她
对他，也由原先的感激，转化为愤怒。

最后一夜，这夜似乎更阴森、更凄迷……更难熬……

陆续有人来站岗了。熟悉的脸孔，棕黄的、黝黑的、雪白的……或三三两两，或排列成行，各有各的地盘。街灯下裸露的肉团，常令她联想起乡下祭祀鬼神的牲畜，大块大块的白肉，供奉在祭坛上……于是她总是将自己瘦削的身躯裹得密不通风，整装出发。在昏暗的灯光下，苍白清秀的脸蛋，愈显得楚楚可怜。与众不同的她，收入也因而加倍。

然而她变得越来越忧郁、萎靡。二十五年的青春，犹如秋后的残菊，在秋风萧瑟中，花瓣凋落满地，奄奄一息。

过了今夜，过了今夜就好了！她祈祷着。

给母亲换肝脏的一万五千元医药费，差一点就筹足了，今晚一定得把零数补上……妈妈憔悴的病容在脑海中浮现。

临行前她对妈妈说："等我回来，不会太久……"

她打起精神，挤出凄惨的笑容，注视着来来往往的行人。

"小姐，开个价吧！"是个看来蛮帅气的中年男子。

"只差五百元，五百元就够了……求求您！"她梦呓般地回答，有些激动。

"好吧！请跟我来！"中年男子说。

车子在一座建筑物前停了下来，她探头一看，顿时吓得魂飞魄散，晕了过去……

"中央警署！"墙头上的巨大字体泛着黄光，正是妈妈病恹恹脸上的蜡黄！

保安

郑仕伯抵达商业大厦门口时只觉头重脚轻，一阵昏眩，但他却丝毫不敢怠慢，在办事处签了名，报了到，即刻开始他一天的工作。

古老大厦走廊里光线微弱，凌晨时分显得格外阴暗。他拖着沉重的脚步，来回巡视了一遍，顿感"满天星斗"，只得回到楼梯骑楼下，索性横躺在长凳上歇息。

唉！连日来的伤风感冒、发烧咳嗽，加上高血压、关节炎的老毛病，已折腾得他羸弱不堪。他下意识重复地将手伸入裤袋里掏了下，又若无其事地咬紧牙关强忍着。

日子终归会熬过去的……可千万不能功亏一篑啊！况且半年来抱病值班，这已不是头一回。时间，快些儿飞逝吧！仕伯心里默默地祈祷着，脑海中不由自主地涌出难忘的一幕……

"郑仕伯，看你不到半年已请病假十二天，迟到三天，早退五天，对不起，这份工作恐怕不适合你……"那天，年轻的经理沉着脸，将一个大信封递交到他手上。

"对不起……经理，请您再给我一次机会，以后一定会改进……"仕伯战战兢兢地向他哀求。

机会是争取到了，执行起来却颇感力不从心。当年工地上那个刚强勇猛的青春小子，已不复存在。而今接近古稀的身躯，像一部过度劳损的旧机器，苟延残喘。或许早就该停下了，可是一想起所剩无几的积蓄，老伴每月三百元的洗肾费、昂贵的医药费，疲惫的精神又抖擞了！八百元的饭碗啊！能保多久就保多久……

"唉！这病老头怎能当保安呢？"

"老伯，你还是回去休息吧！"

"真可怜……"

旁人异样的眼光，有不屑，有鄙夷，也有同情和怜悯。

迷迷糊糊之中，仕伯感觉周遭有憧憧身影掠过，不远处传来了嘈杂声、喃喃声、叫喊声，接着一切的声响仿佛都变成了阵阵呻吟，由自己的喉间发出……

傍晚时分，大厦外面来了一辆救护车，把昏迷的保安员载走，他在半路上断了气……制服的口袋里，是一张当天的病假单……

"真可惜！续聘书已经拟好了，本想叫他放工后过来签，这半年来他表现不错，很少生病，怎么会……唉！"人事部的小姐说。

抉择

"阿广——"

林牧师一踏出机场闸门，就听到一声似曾相识的呼唤。

向着声音的来处望去，一名半老徐娘信步走过来，她面色苍白，身材微胖，及肩的棕色发丝有些蓬乱。

林牧师怔住了！真是她，尽管数十年的无情流光已令她的身材完全走样，银铃般的嗓子依旧清脆如故。

"还认得我吗？我是灵，你的……"

"哦……你好……我差点认不得你了！"

"听说你回国，特地来等你……当年……"

当年，啊！多么遥远的当年！

当年他们在一所教堂相遇，一对青年男女在祷告与圣歌声中酝酿了甜蜜的爱情，然后彼此承诺，互托终生，愿长相厮守……

然而他有不为人知的隐忧：对待共同敬仰的神灵，他虔诚、坚定，而她却怀疑、敷衍。这矛盾仿佛是座冬眠的死火山，时刻潜伏着危机，令文广忧心忡忡，患得患失。

临结婚前他对她说："我已辞去了工作，报读神学，希望从此远离尘嚣，淡泊名利，好好做个'神'的仆人。"

玉灵无法接受他所谓的"无私奉献"，认为辞掉工程师的理想工作去钻研神学，简直是荒谬之至！于是两人争吵不休。正如"火山"一旦爆发一发不可收拾，濒临破碎的爱情，连"主"也挽救不了！

"既然'主'比我更重要，那我们就此拉倒，你可别后悔……"最后一次摊牌，玉灵狠狠地抛下了这句话，负气离去。

在神的殿堂里，两颗无法紧密靠拢的心，勉强贴在一起也只有痛苦，不会有幸福。在爱情与信仰之间，他毅然作出了抉择，而且终身不悔。

这趟受邀前来布道，他回到了阔别将近三十年的祖籍国。往事如烟，岁月无痕，自负笈国外定居下来之后，教堂里事务繁忙，拯救灵魂的工作刻不容缓，他再也无暇去思索儿女私情之类的事。

此刻的林牧师心如止水，初恋情人的唐突出现，唤不起心湖的一丝涟漪，却无端地挑起了多少尘封的陈年旧事！

"……后来我结了婚，不如意，又离了……才发觉除了你，已容不下其他男人……"咖啡座上，她泪如泉涌，细诉着悠悠往事。

"广，我好后悔……孤独……原谅我，让我们回到过去，好吗……"妇人迷茫的眼神充满了乞求、渴望。

回不去了！回不去了！有的抉择一生只有一次，有的抉择一次就是一生！

面对着饱受沧桑、痛苦煎熬的"陌生"女人，林牧师唯有默默地为她祈祷。可怜的灵魂，愿主保佑你！

伞惹的祸

亚热带的雨季最恼人，尤其是今年。

雨季里频繁出入长堤，为的是到邻国办理公司业务，一周四趟，风雨无阻。独自驱车往返 K 坡途中，总爱在 J 城外一百五十公里处小镇的咖啡店"充电"，纾解疲劳，像古代出远门的游子，怎能错过征途上歇脚的驿站？

清晨，古旧的咖啡店内，顾客稀少。甫进门，一名约莫三十来岁的貌美女郎迎了上来，手里拎着一把折叠整齐的雨伞，笑眯眯地说："先生，您的伞，还给您！"

"哦！谢谢！"猛想起上周末正是以这把伞遮挡风雨，离开时雨过天晴，竟然将它给搁下了！如今失伞复得，不免有些惊喜，但也不纯粹是为了找回失伞，而是受了女郎古道热肠的善举所动，当今之世，难得还能遇上如此的"好心人"！

"那天追上去，您已走了，猜想您是常客，我住附近，常来镇上买东西，就带来试试，果然给我碰上了……"女郎忙着解释。

过后数次在咖啡店里遇上她，总免不了寒暄几句。得知女郎在 J 城某电子厂当督工，专做夜班，有一对学龄儿女由公公婆婆照顾，家婆最近患上严重的风湿病，行动不便……

平凡的故事，随兴的交谈，居然也驱走了不少旅途的单调和寂寞。

圣诞节前夕，细雨霏霏，我也乐得提早回家过佳节。在"驿站"又与她不期而遇，女郎盛装打扮，抹上胭脂的脸蛋愈显娇媚。

"李，我必须赶紧去狮城一趟，为家婆抓药……能不能搭你的顺风车？"女郎焦急地说。

原来其患风湿病的家婆在当地投医无门，最近常去狮城寻访名医，针灸加上药物治疗，病情已有了改善。遂因药吃完了，接下来几天又逢圣诞假日，因此今天非过长堤代为取药不可。

看来这"忙"是非帮不可了！况且，沉闷的驾驶旅途有美女聊天做伴，也是乐事一桩，何乐而不为？

车子过了长堤，进入市区，穿梭于繁忙的大街小巷，依照女郎指示在一栋古老的大厦面前停下来。女郎临下车时要求道："如不介意，请你稍等一下，完事后顺便载我到附近地铁站行吗？"

送佛送到西，因此欣然答应。

岂料不一会儿，女郎气急败坏地从大厦内出来，哭丧着脸说："糟了！我的信用卡不知何故不能刷了，药房要我付现金才给药，我没带……"

"李，可以先借我三百元吗？要不然我这趟就白跑了……雨天我家婆不能不吃药……"

"这……"我犹豫不决，与这女郎毕竟不是深交。

"要不等会儿我将住家的地址和联络电话留给你，如果在咖啡店找不到我请拨电联络……"

女郎第二次走入大厦之后就没有再出来过。后座上，那把她原先归还的粉红色雨伞静静地躺着，伞叶上的卡通猫，正俏皮地扮着鬼脸。

海军爸爸

　　圣诞节快到了，谢小炎兴奋得一连几夜没睡好，大清早跳下床奔往客厅一看，朝思暮想的爸爸不知何时已坐在沙发上了！身边的茶几上，放着一份好大的圣诞礼包！

　　"爸，圣诞快乐……"身着海军制服的爸爸，一点也没变，与小炎夹在小皮包内的照片一个模样！打从他懂事开始，爸爸一身整齐的洁白军服已烙印心底，那么威武神气，却又和蔼可亲，这英雄形象无可取代，海军爸爸已成了他自小在同学面前炫耀的偶像。

　　然而炫耀归炫耀，对于爸爸的工作，小炎心灵深处有着不为人知的阴影，像天边凝聚的乌云，挥之不去。妈妈常说：爸爸当海军漂洋过海，去了很远很远的地方，所以不能时常回家看炎炎。然而每当瞥见有同学由爸爸来回接送、有父子俩大手牵小手在街上结伴而行，或是邻居小朋友和爸爸在草地上踢球时，他总是缠着妈妈闹别扭："叫爸爸别当海军了，爸不当海军不行吗？"

"快了！圣诞节快到了，爸回来陪小炎玩……"小炎听腻了妈妈不置可否的标准答案，千篇一律，令他觉得好厌烦！

妈妈不是不好，可是好似只有爸爸最了解他的心意，买的全是他梦寐以求的昂贵玩具，还带他上快餐店、游乐场，去东海岸公园放风筝、骑自行车，夜晚陪他上网玩电脑游戏……总之，有爸爸的日子一切都是美好的！再过几个月他即将满十岁，爸爸曾答应他过了十岁生日，教他游泳……

爸爸是海军，当然是个游泳的能手，妈妈就不行。沉默寡言的妈妈，苍白的脸上好似永远挂着严酷的冰霜，除了他的功课之外，对一切小男生感兴趣的玩意儿都不屑一顾。于是，小炎盼爸爸归来的渴望，随着年岁的增长，日益加深……

"爸爸，您能不当海军吗？"小炎幽幽地问。

"乖乖，圣诞节一到，爸爸一定回来！"爸爸以坚定的话语，回应小炎殷切期待的眼眸。

因此，小炎从小比谁都期待圣诞。

幸好爸爸是个遵守诺言的人，一年一度的约会，他从不爽约。然而爸爸也从不为他多逗留片刻，犹如往返校园的学生车，准时地到来，又准时地开走……

爸爸是在佳节气氛最浓郁的午夜时分走的，开着黑色"宝马"一路南下，赶回三百里外的家。家中有个与小炎年纪相仿的小男孩，正急切地等待到邻国出差的总裁爸爸回来过圣诞，年复一年……

临走时他没好气地对她说："最近手头紧，你省着点花！"

这时，小炎好梦正酣，他梦见大海，海上有战舰，舰上有他的海军爸爸……

林园依旧

　　清晨的阳光犹如母亲温暖的手，慈祥地抚慰着大地。偌大的公寓园地，花草生机盎然，青葱翠绿。

　　公寓清洁工人黄顺今天来得特别早，他先清理了垃圾，再把人行道两旁的矮灌木细心修剪一番，用浇水器给林园各处的花草冲个凉，又给幼树苗下了肥，未到晌午，已完成了一天的大部分工作。

　　他漫无目的地到处游走，脚步和心情一样地沉重。越过花圃、草坪，是一脉小桥流水，然后是假山、人造瀑布、竹丛帷幛……在这林园默默地劳作了十年，今天才感觉到这里的一草一木，煞是有情，所到之处，万物仿佛向他频频招手致意，离别在即，难掩一分不舍和依恋！

　　离去，是万般无奈的。

　　那天被传召会面，他早有不详预感。这预感来自几位好友和邻居，都先后无辜丢失了饭碗，至今还在为找寻另一份工作而四处奔走。闻说是由于公司精打细算，纷纷将他们的工作外包给二手承包商。煤气公司搞外包，送煤气的老萧就被"炒鱿鱼"了！塑料厂的清洁卫生改由承包商接手，扫地的阿清嫂即被打发掉，改用外劳……最近连当邮差当了几十年的老邻居胡叔也被裁退，他打的还是"政府工"呢！时代变了，连邮递也搞外包……看来这次自己是厄运难逃。

"阿顺，对不起，为了节省成本……"果然，经理表示了深深的"歉意"。毕竟是工作了整整十年的老员工，老板给予特别宽待，黄顺侥幸获得了两个月的遣散费。

一家大公司承包了整个公寓范围的维修工程。

半年多过去了，黄顺失业以来，求职屡碰钉子，年过半百找工作难如登天，他欲哭无泪。

一天，他从报章上剪下一则广告，依约去应征，也不抱太大的希望。

"黄先生，你的条件样样符合规格，只是……薪水要求太高了，我们付不起，这份工作起薪是600元……"面试的职员和气地说。

"增加一点行吗？……我前一份同样的工作月薪900元……我有十年经验……"黄顺的语气近乎哀求。

"对不起，我们没法子……"职员丝毫不肯买账。

没法子的是黄顺！积蓄已将消耗殆尽，一家四口的生活担子要扛，几乎到了山穷水尽的地步，实在无计可施了！

好死不如赖活，微薄的薪水总比赋闲在家强！黄顺把心一横，答应了下来：每月 600 元的清洁工，没有额外津贴。

第一天上班，黄顺跟随督工抵达工作地点时，猛地抬头一望：花圃、草坪、瀑布、竹丛……真不可思议！不是做梦吧？他又惊又喜，眼前熟悉的景物——他又回到了原来的公寓园地！

离开半年，景物依旧，园里的花草树木，别来无恙？

黄顺熟练地修剪花草、浇水、施肥、倒垃圾……失而复得的工作，更加得勤奋地干。这时，口袋里为他消忧解闷的随身收音机正在播报财经新闻："本世纪最流行的商业模式……外包使公司营利增加了三成……"

水蛭

骤雨初歇。

半山区独立式洋房内，六十开外的女主人颜来喜临窗独坐，目光不经意地望向窗外不远处一脉被废弃的溪流。溪边有几棵百年老榕树，树下有张陈旧的木凳子，长长的榕树须根不甘寂寞地直垂到水面了！环境还算清幽，可惜浅狭的溪流常塞满废物，下雨天，多余的溪水老是往外溢，一并把溪里各种有无生命的物体都冲上岸边。

来喜下意识地抚摸小腿上的伤痕，还隐隐作痛，这该死的水蛭！

那天雨后偕同小照到溪边，或许是待得太久，回家后洗澡时才发觉有只水蛭攀附在小腿上，她吓得连声惊叫，好不容易才将小怪物硬硬拉扯下来，痛彻心扉，伤口已流了不少血……

"小照，你搬走吧！我们不可能结合，你不能老住在我家！"整个下午，木凳上的谈判，就只围绕着这个重复了又重复的话题。

"喜姐，我是真爱你的，你也是，要不然你不会与我去申请注册结婚！"小照眉头紧蹙，满脸的皱纹因懊恼而更加清晰。他已老大不小了，只小她五岁。

"还说！是你一再央求我去的，我现在后悔了，不行吗？也没正式签字，咱拉倒……"紧要关头，这是铁了心忍痛下的决定。

"咱们在一起已经一年多了，你身子不好我来照顾你，下半辈子也有个伴，连结婚戒指都买了……"

"那没关系，反正钱是我出的，这一年来你吃我的住我的，还有你的宝贝儿子，花我的钱还会少吗？我都算了……"

当晚将小照驱逐出家门的情景还历历在目：她将他的衣物统统塞进一个大皮箱，连同人一起扔出洋房大门外，然后是"砰"的一声，关门、锁门……他像个孩子般地号啕大哭，跪地哀求，把门板敲得彻天响，干扰了邻居……

唉！这大男人！

这栋豪华的洋房，是二十年前与丈夫离异时，法庭判给她的婚姻财产之一。离婚是她生命中第一个重大的打击，她从此看清了男人，也认识了金钱的魅力。二十多年来她一直在找寻另一个幸福，这洋房也先后入住了不少人幕之宾，记得有一位小伙子竟然小她二十多岁！然而每次都是落得同样的结局：当她猝然发觉那男人爱的只是她的洋房和金钱，她遂义无反顾地、犹如送瘟神般地把他送走！因此与男人离离合合日子久了，愈是感觉自己心力交瘁、遍体鳞伤……

然而来喜好似离不开男人，与小照分手后，她又恢复了孤单寂寞。偌大的洋房，只有她和一个菲佣。年纪越大越是害怕孤独，即使再多的钱财也弥补不了内心的空洞，午夜梦醒，她多渴望枕边有个相依相偎的伴！

其实小照不是不好，这位过气的剧院舞蹈教练中年丧偶，为人幽默风趣且善解人意，总喜欢讲些小笑话逗她开心，还是个烹饪能手，不时给她烧煮几道好菜。结识时他已失业多年，正穷途潦倒，无所事事，与二十来岁的儿子挤在一间局促不堪的租赁房子。

钱财方面的欠缺不是问题，来喜只希望找到一个可以相濡以沫、终生相随的老伴！

"喜姐，明仔又失业了，你出钱让他做些生意吧！顺便让他搬过来住，好有个照应；还有我在 T 城的两个舅子也想过来……"从婚姻注册局登记回来，小照迫不及待地对她说。

隔天，来喜悄悄去会见了律师。什么都能失去，唯独不能失去赖以存活下去的财富，她悬崖勒马……

不知怎的，此刻被水蛭吮过的伤口，疼痛得更厉害了！

名校

　　开学的第一天，七岁的小凯琳特别兴奋，兴奋之中还有一分自豪，因为妈妈说她进的是全国最有名气的学校。

　　天刚蒙蒙亮，凯琳就穿好一身雪白的校服和鞋袜，右边衣领上别了一枚闪亮的红色校徽，上面刻着：××小学。爸爸说这是名牌的标志，走在街上也会招来羡慕的眼光，小凯琳不禁神气起来。

　　之后，爸爸每天驾着他那辆黑色"宝马"载她上学，路上常堵车，凯琳必须坐上好久好久的车程才能抵达学校，有几次还在车上睡着了！到了学校门口爸爸才叫醒她。过后爸爸就去上班，爸爸是一名律师，有自己的公司，凯琳曾经和妈妈去过，办公室距离学校不远，就在一栋大厦的十二层。

　　年终放假的前一天，班主任 Mrs Tan 与同学们玩一个游戏，她要同学们把自己的名字、住家地址和电话号码写在一张纸上，然后和班上要好的同学交换，以便在假期中互相联络、拜访。凯琳小心翼翼地把资料写好，交给了班上最要好的同学子雄。

"老师，凯琳住彰宜，太远了，我不能去她家！"子雄拿着纸条，站起来嚷嚷。

"是吗？让我看……"班主任有些错愕。

一天晚上，爸爸被警察带走了！听说他犯了欺骗罪。

妈妈流着泪问她："小琳，你忘了开学时爸妈的吩咐了吗？"

"我没忘，那假地址我记得很牢，从来没答错，只是那一次……是怕子雄找不到我……"

作者按：在狮城，住在学校方圆一公里范围之内，小学一年级入学有优先权。

出土文物

　　博物院最新"出土文物"展览会上，八十多岁高龄的老萧慢条斯理地浏览着橱窗内的展览品。蓦地，一本破旧不堪的书籍吸引了他的目光，封面残缺焦黄，书名只剩下一个"的"字依稀可辨认。下方说明出处的牌子上写着：××新镇、2030年。

　　××新镇，不正是童年家乡所在地吗？老萧将老花眼眯成一条线，凝视着文物，心头犹如触电般地颤动……

　　某年的某一天，放学后，萧小东依同班同学林志之约，来到郊区一所简陋楼宇。室内有简朴家具：桌椅、书架、水壶。一盏古老煤油灯悬挂当中，散发着微弱灯光，七八个年轻人在那儿高谈阔论，情绪激昂。

　　"这是雪辉、小萍、亚妹、昆建……雪辉是我们的组长、前辈……"

　　"欢迎小东加入我们的学习小组！"

第一次聚会学的是《矛盾论》，由雪辉讲解，据说他是×校毕业班高才生，高而瘦的身材，鼻梁上架着一副深度近视眼镜，显露沉着和自信。除理论外，还教导歌曲、语录，阅读刊物、小说……小东觉得很新奇，很快地爱上了这个充满激情和理想的小团体，他像海绵吸水般不停地吸取新事物、新知识，也认识了不少新朋友，每星期一晚上的学习课，从不缺席。

直到有一天林志提了一大袋东西到他家，紧张兮兮地说："他妈的！不知谁泄漏消息，风声很紧，组长吩咐，暂时把会所的东西放在你家……"

风闻小组成员陆续被逮捕，小东心里忐忑不安。那晚他心生一计，将那包东西放进一个废置的煤油桶中，加盖，然后悄悄地提了父亲耕地用的锄头，摸黑到屋后的园地，铲了一个两三尺深的小坑，把煤油桶放进去，埋了它，有如埋葬一只死去的心爱宠物……

小东是当晚被带走的，吓坏了父母，惊动了宁静的村庄。

小东在警署意外地与雪辉和林志等人相遇，一张张绷紧的脸庞显露着大义凛然的神情。押往拘留所的途中，雪辉申诉尿急要小便，警车停在山芭马路旁让他下车解决，雪辉走入附近的一所茅厕后就没再回来，双手还扣着手铐……

临下车时雪辉严肃地对小东说："你要坚强！"

小东不仅坚强，还挺讲义气，两个月艰苦的牢房生涯，他始终是恪守坚贞，问心无愧，无奈出来后周边的朋友皆向他投以异样的眼光。

　　"同胞们……"啊！那消失了半个多世纪的激昂歌声，再次荡漾在脑际……

　　那晚风雨交加，大伙在斗室内引吭高歌，沉浸在一片兴奋激昂的氛围之中。头顶上的大光灯，不知何故突然"轰"的一声坠落下来，打在桌面上！大风和煤油助长了火焰，搁在桌上的几本书籍顿时遭了殃……

　　仅有《钢铁是怎样炼成的》及时被抢救回来，封面已被烧去了大半……

　　"这是上世纪60年代的出土文物，我们要保留文化遗产，别让它们消失……"身边的博物馆讲解员，正对着一群学生滔滔不绝……

朝三暮四

　　话说有一椰林园主，为了节省人力资源，养了一群猴子为他采撷椰子。猴子们非常勤劳，且训练有素，爬树采椰子的本领高强。可是这园主生性刻薄，总是只给猴子吃个半饱而已。早上三个香蕉，晚上四个香蕉，这样的"朝三暮四"，对于终日劳动、体力消耗大的猴辈们来说，怎么够呢？因此，长期以来这群猴子无法填饱肚子，只只骨瘦如柴，精神非常压抑，却是敢怒而不敢言。

　　园主振振有词："猴子嘛，其实不宜吃得太饱，吃多了会长胖，身体太胖爬树就慢了，影响生产力……"

　　终于有一天，椰林里的管工发觉猴子们患上了"严重营养不良症"，连忙禀报园主说："为了长远利益，必须对症下药，给猴子大幅度增加粮食，早上六个香蕉，晚上八个香蕉！"

　　园主斟酌再三，还是婉言回绝："为了顾全大局，增加粮食必须谨慎处之，这样大胆的建议万不可行……"

　　过了不久，猴子们意外地发现，除了"朝三暮四"的香蕉之外，偶尔还有几颗花生米……

腊月

农历腊月二十八，春节近在眉睫。组屋楼下的社区年货市场人来人往，一片喧闹，然而喜庆气氛中却隐约透露着几分淡淡的哀愁。

老麦家没办年货，他茫然地坐在窗前，望着楼下发呆。

失业整整一年了，一年来四处寻找工作，徒劳无功。经济不景气，职场上僧多粥少，工作至今毫无着落。听说工业正在转型，还有高科技……

不谙电脑是致命伤，去年，公司采购部门电脑化，裁员的时候他首当其冲。想到电脑他心里就愤愤不平，键盘、鼠标、网站、E-mail……五十岁的人真的学不来吗？然而老板是这么说的，因此没有给他再训练的机会。

今年的年关该怎么过？怀着一线希望，老麦下楼去开信箱。

信箱里除了杂费单、水电单，还有两封信：

一封是失业福利委员会寄来的三百元支票。附函曰："您申请的失业援助金已获批准，请签收……"

另一封是技能训练所的邀请信，上面写道："一系列培训课程专为年长人士开办：初级电脑、厨艺、护理、按摩……"

老麦若有所悟，突然有一股冲动，他兴奋地走向邻里商店，好想办些年货！

附录

我为什么写《铁道上》

林 子

　　《铁道上》是我在 2006 年写的一篇微型小说，收录在 2008 年出版的《林子微型小说》里。这一个悲剧故事，时代背景是 20 世纪 80 年代初的新加坡，当时岛国经济正迅速起飞，乡村人口大量转移到城市，政府大量兴建组屋，村民从甘榜亚答屋搬进了鸽子楼般的组屋。在发生剧烈蜕变的时代，特别是一部分无法跟上时代步伐的市民，在物质、精神生活上难免受到巨大的冲击，因而感到茫然无措、悲观绝望，浑浑噩噩地过日子。

　　小说中的主人公钟铭，从小住在乡村铁道旁，习惯了贴近大自然的生活，被逼迁进红山组屋之后，无法适应城市化的紧张生活。父母双亡后，更感到极度彷徨。惨淡经营着祖传的汽车座套的生意，没有其他的一技之长，终日与心爱的老花狗到铁道旁去溜达，其实是为了给自己空虚的心灵寻找归属，而他的精神家园始终离不开那一片朴实无华的大自然，铁道，正是象征大自然的一个典型意象。

火车是传统而古老的交通工具，有着悠久的历史，它似乎比其他交通工具更贴近普通民众、现实生活。传统的火车也令人自然而然地将之与贫穷、拥挤、逃难等挂钩。火车和铁道给予人们的感觉是沉重、幽深、缓慢。因此，文人常常喜欢以火车与铁道作为写作的题材和意象，特别是用它来反映现实社会的阴暗面。其实搭乘火车是一种非常难得的生活体验，虽然我不常乘火车。随着丹绒巴葛火车站走入历史，坐火车的机会恐怕更少了！在火车旅途中，不单可观赏沿途景物，缓慢的火车行程也让人有静下心来思考的空间。

　　20世纪90年代初我搬去靠近武吉知马一带的山景道排屋，当时有一位住在隔壁一排的、姓黄的四十多岁的中年人，经营汽车座套的生意。他非常喜欢狗，养了两只大狼狗当宠物，一黑一白，时常看见他用货车载着两只狗出门去。刚好当时我家也养了一只小狐狸狗，所以在遛狗时遇见他就向他请教养狗心得，开始熟络起来。我觉得他总是沉默寡言，生活有点懒散。

　　大概过了一两年，有一天，报章上报道了一位中年男子在武吉知马一带被火车撞死的社会新闻，一看照片，原来是那位姓黄的邻居。我和先生去吊丧，从他妻子口中隐约得知他先生脾气较古怪，凡事都积在心里不轻易向人表露，工厂生意又不好。显然，他是去铁道上自杀的。这不幸事件引起了我心底的很大震撼，他为什么要走上绝路？为什么要选择火车轨道？这些悬念一直盘踞在我脑海，想把它们用文学语言表达出来又眼高手低。2000年我在武吉知马山脚下买下了一间公寓，很靠近火车道，有时周末去那儿小住，因此对火车的轰隆隆声非常熟悉，更加强了我书写有关火车和铁道的欲望。直到2006年我开始写微型小说时，才完成心愿，写了这篇《铁道上》。

在现实中，黄先生、狗、铁道的客观物象的确激发了我的创作动机，引起我写这篇小小说的冲动。但是小说的故事情节却完全是杜撰的，主题思想在于反映新旧世代交替，从农村文明走向城市文明的过程中，人性所受到的冲击。原始自然和繁荣进步的落差、矛盾与对比。人类社会在发展过程中，在各方面取得了很大的进步，然而，却也无形中失去了许多精神层面的东西。

主人公钟铭意志薄弱，内向自卑，与现代化社会格格不入，在面对环境蜕变的当儿，选择逃避现实，成了现代社会的牺牲品。钟铭所向往的是一个祥和、温馨、与世无争的极乐世界，正如妈妈告诉他的："在那遥远的地方，有大片的土地，漫山遍野都是花草树木，蝴蝶、蜜蜂、蜻蜓到处飞舞……"他钟爱火车铁道，因为那是唯一能让他联系过去、在陌生的现实社会中找回过往、回归本位的途径。

钟铭妻子的形象却与他形成对比，她已从铁道旁的乡村女孩蜕变成一位现代职业女性，完完全全地融入了新社会的文明进步。性格和精神面貌的差异使夫妻之间产生矛盾，间接导致了那场悲剧的发生。钟铭被火车辗死，究竟是意外，还是轻生？我在情节处理上并没有直接点明，设下一些悬念，让读者自己去猜测、自己去下结论。写终日陪伴钟铭的老花狗，在于凸显钟铭内心的孤独、自闭。

从80年代开始，钟铭在铁道上溜狗，追溯到60年代以来二十多年的社会变迁，结尾又回到80年代的现实。用铁道和花狗的意象贯穿起小说情节。铁道象征怀旧，花狗衬托主人公的孤独、自闭。